KB028175

깨끗한 새벽

5월시 동인시집 제7집

깨끗한 새벽

초판 1쇄 인쇄 2020년 5월 10일
초판 1쇄 발행 2020년 5월 18일

지은이 강형철 고광헌 곽재구 김진경 나종영 나해철 박몽구 윤재철 이영진 최두석
펴낸이 김연희
주간 박세경

펴낸곳 그림씨
출판등록 2016년 10월 25일(제406-251002016000136호)
주소 경기도 파주시 광인사길 217(파주출판도시)
전화 (031) 955-7525
팩스 (031) 955-7469
이메일 grimmsi@hanmail.net

ISBN 979-11-89231-35-4 (04810)
ISBN 979-11-89231-28-6 (세트)

이 도서의 국립중앙도서관 출판예정도서목록(CIP)은 서지정보유통지원시스템
홈페이지(http://seoji.nl.go.kr)와 국가자료공동목록시스템(http://www.nl.go.kr/
kolisnet)에서 이용하실 수 있습니다.(CIP제어번호: CIP2020018237)

5월시 동인시집 제7집

깨끗한 새벽

강형철 고광헌 곽재구 김진경 나종영 나해철
박몽구 윤재철 이영진 최두석

그림씨

머리말

1

1980년 5월! 지금은 '광주민주화운동'으로 명명되고 있지만 그것이 우리들 청춘의 시절에 찾아올 때는 전혀 다른 이름을 하고 있었다. 학살자들은 '광주폭동'이라 불렀고 언론매체는 '광주사태'라고 했다. 그 모습 또한 짧은 기간의 학살과 무차별 체포, 구금과 구타로 왔다가 지극히 짧은 해방을 안겨 주고 끝내 참혹한 진압과 사살을 남기고 잠적해 버렸다.

그날의 기억은 우리 삶 전체의 난문難問이었고 난문 너머 빛 자체였다. 그때 우리가 목도했던 압제자의 야만성 앞에 한반도는 어떤 표정으로 서 있어야 할까? 그 모진 죽음의 새벽, 도청을 사수하던 윤상원의 총에서는 장전된 채 계엄군을 향해 격발되지 않은 탄환이 있었다. 우리는 그것이 그 새벽의 의미를 세계사 앞에 세웠다고 보았고, 그 빛의 세계가 우리 동인들의 가슴 앞에서도 빛나고 있다고 보았다. 우리에게 참된 시를 말하라 하면 거기에 무슨 말을 더 할 수 있을 것인가. 그 앞에서 우리는 두 개의 질문을 찾아 냈고 그 질문에 답하는 삶과 실천을 추구하고자 했다.

"우리가 이 땅에 내렸다고 생각하는 삶의 뿌리는 도대체 누구의 뿌리이며 누구의 삶인가? 분단을 수락한 상태에서 우리가 이룩하는 삶이란 근본적으로 뿌리 뽑힌 것이 아닌가?"(김진경, 「제3문학론」, 『땅들아 하늘아 많은 사람아』)

그에 응답하는 일이 얼마나 어렵고 힘든지를 거듭 깨달으면서 우리는 학살자가 스스로 대통령이라 주장하는 7년과 그 후의 곡절들을 통과해 왔다. 돌이켜보면 꿈만 같다.

2

우리는 처음에 광주민중항쟁이야말로 "1950년대 이래 겪어 온 모든 모순의 폭발점이며, 또 우리가 태어나기 이전으로 몇 십 년을 올라가야 하는 오래된 싸움임을 깨닫고 그 싸움의 전환점에 놓인 세대가 바로 우리이며 그만큼 우리에게 주어진 임무가 무거운 것이라고 믿는다"(앞의 글)고 선언하면서, 그럼에도 불구하고 우리가 마주한 시대 앞에서 우리가 싸워 나갈 무기라고는 시 하나밖에 가진 것이 없다고 밝혔다. 물론 그 '시'라는 하나의 행동에는 이 시대의 근본적 한계를 돌파할 동력이 담겨 있어야 하며, 동시에 그에 합당한 실천이 뒷받침되어 있어야 하는 것이었다. 그런 의미에서 그 시절의 우리에게 시란 '윤상원의 고요한 탄환' 같은 것에 다름 아니었다.

그로부터 상당 기간 동안 학생운동을 비롯한 전체 민중의 처절한 항쟁이 전국적으로, 또 상시적으로 전개되었다. 그 속에서 우리가 시를 쓰고 발표하는 일은 결코 간단한 작업이 아니었다. 문학 활동이 문인운동으로, 문인운동이 지역문화운동으로, 그것이 또 계급계층운동으로 확장되는 길을 우리는 때로는 앞장서며 때로는 뒤따르며 걸었던 것 같다. 특히 문예출판운동이 무크지 운동의 시대를 맞으면서 우리 동인들은 교사운동, 교육현장의 시운동, 나아가 민중교육운동으로 이어지는 길을 따랐다. 그 과정에서 몇몇이 구속되면서 상당한 수난을 겪기도 했으나 그 결과가 전국교직원노동조합의 쟁취로 귀결되면서 시가 민중운동의 한 부분이 되는 모범을 경험한 것은 지금 생각해도 감동이 아닐 수 없다.

우리 동인이 세상에 기여한 일은 모두 그 근본 동력이 동인 각자의 시 정신에서 나온 것이다. 우리들의 시는 우리들 삶의 최후의 근거였다. 그리하여 그 기간에 낸 책이 5월시 동인시집 여섯 권, 판화시집 두 권 외에 동인들 개별로 출간한 시집이 60여 권에 이른다. 그 속에는 광주현장의 투쟁을 연작시 50여 편으로 형상화한 박몽구의 『십자가의 꿈』, 단군 이래의 민중반란사를 통시적으로 노래한 윤재철의 『난민가』, 그리고 분단극복을 위해 생애를 바친 김낙중이라는 인물의 일대기를 서사시로 구성한 최두석의 『임진강』이 들어 있다. 최근에도 세월호 희생자들의 해원과 진상규명을 위해 304편의 연작시를 쓴 나해철의 『영원한 죄 영원한 슬픔』이 나왔다.

다시 말하지만 우리는 하나의 동인 활동이 전체 민중운동의 흐름과 늘 호흡을 함께했다는 사실에 자부심과 위안을 느낀다. 시와 삶의 행복한 일치, 참된 민중 민주 세상의 건설에 시와 삶이 함께해야 한다는 동인 전체의 시론을 지키기 위하여 우리는 모두가 열심히 노력했다. 그 길에서 정확하게는 1985년 이후 우리의 시적 활동이 여타 부문운동과 함께해야 한다는 의지를 굳히면서 일부는 교육문화운동 나아가 교직원노동조합설립의 일로 나서고, 또 일부는 지역문화운동의 활성화에 가담하면서 결과적으로 시동인으로서의 활동에 휴지기간을 갖게 되었다. 물론 동인활동의 중지가 시인활동의 정지는 아니었다. 현실적으로 볼 때 시를 쓰는 자는 천재도 영웅도 아니다. 시인은 민중

속에 있는 것이 아니라 그가 민중이며 한 인간이다. 특히 한 가정의 가장으로서 각자 처한 부문운동에서의 역할의 크기가 달라지면서 실존적 문제가 제기된 측면도 있었고, 전체적인 민중민족운동의 폭과 열기가 최고조로 상승되는 시기에 그에 맞는 역할 조정에 부응하려는 측면도 있었다.

우리는 지금도 그때의 선택이 꽤 자연스러웠다고 생각하고 있다. 더구나 '1980년대의 초반에 5월시가 5월을 중앙으로 끌고 오는 것이었다면 운동조직이 부활되고 논리적 방향성이 드러난 상황에서의 5월시의 몫은 지역으로 내려가 지역문화의 매체로서의 뿌리를 내려야 한다'는 생각은 동인시집 제5집 『5월』에 전남대 비나리패 공동창작품 「들불야학」을 게재할 때 이미 정리되어 있었다. 다음은 그때 쓴 김진경의 「지역문화론」이다.

"이제 민중문화운동에 대한 논의는 이념의 정립단계를 넘어 민중에너지가 분출되어 나올 수 있는 통로를 확보하는 구조적인 싸움의 단계에 와 있다. 민중에너지의 자연스러운 흐름을 가로막는 중앙집권적 문화구조를 깨트리고 민주적 문화구조를 확보하는 것이 우리의 당면과제인 것이다. 지역문화는 바로 그러한 구조적 싸움을 위한 전략적 개념이다."(김진경, 「지역문화론」, 『5월』)

3

세월이 흐르고 나면 아쉬움이 없는 일은 없을 것이다. 그 사이에 많은 일을 겪고 난 지금, 김진경의 『30년에 300년을 산

사람이 어떻게 자기 자신일 수 있을까?』라는 책의 제목은 우리 동인들의 마음을 직설화법으로 토로한다고 해도 과장이 아니다. 돌아보면, 광주에서의 좌절과 분노가 전체 민중의 항쟁으로 타오르며 학살자들의 자기배반을 끌어내기도 했고(6·29 선언), 지난한 항쟁의 와중에서 성장한 노동자계급이 눈부신 조직화 과정을 거치며 새로운 세상을 예감시키기도 했다(7, 8월 대투쟁). 그러나 그 결과로 맞은 대선에서의 분열과 실패, 그 이후 국제질서의 변화와 함께 시작된 자기모멸과 지리멸렬, 그리고 IMF 관리사태를 통과하면서 진행된 신자유주의 세계체제로의 흡수와 함께 전체 운동은 물론 우리 자신들까지 거대한 욕망의 세계에서 온전한 인식이 불가능한 절대적 타자가 되고 말았다. 그러는 동안에도 분단체제가 조금씩 허물어지면서 남과 북의 민족적 결합을 향한 새로운 모색(6·15공동선언)이 훗날 판문점 도보다리에서의 남북정상 간 만남 같은 꿈같은 일을 만들기까지, 세월의 힘이란 놀라운 우여곡절 속에서 그 진면목을 드러내는 건지 모른다.

이는 한국문단도 마찬가지였다. 1988년 시행된 월북작가 100여 명의 해방 전 문학작품에 대한 출판 허용 조치 이후 문익환, 황석영의 방북 투쟁, 민족문학작가회의가 시도한 남북작가회담 개최, 이후 2005년 참여정부 때에 성사된 남북작가대회와 2007년 아시아·아프리카작가대회 등 인상적인 활동들이 없지 않았으나 이미 전체 세계의 기반이 돼 버린 신자유주의 세계체제에 휩쓸려 이렇다 할 문학운동은 소멸지경에 이르고 단자화된 문학 사업자가 되거나 생업을 별도로 지니고 문학 작업을 수행하는 개인들로 위축되고 말았다. 성수대교가 무너지고 삼풍백화점이 무너졌던 것은 그 무기력함의 상징이었으며 이어진 용산참사, 평택미군기지 이전싸움, 사드 성주배치 등을 거쳐 진도 맹골수도에서 침몰한 세월호는 참극의 정점을 보여준다. 이 같은 비극들이 다시 되풀이되어서는 안 된다는 분노가 마침내 촛불혁명 촛불정권을 탄생시키기에 이르렀다.

우리는 이러한 일련의 과정에서 우리 동인운동이 별다른 모습을 보이지도 못하고 개별차원에서 작품활동을 하는 일 외에는 거의 속수무책이었다는 점에서 어떤 시인의 표현처럼 이미 순명殉名되었고 그래야 마땅한 것이었는지도 모르겠다. 스무 살 중반 무렵 마주했던 세계가 이제는 너무 광대해졌고 거기에 호흡하며 뭔가 실천하고 꿈꾸고 있다는 실감을 지닐 수 없을뿐더러 거기에 상응하는 시를 산출하지도 못했기 때문이다.

4

그럼에도 불구하고 또 한 차례 동인시집을 내는 것은 뜻밖의 반전 때문이었다. 지난해에 그림씨 출판사의 제의가 있었다. 5·18 40주년을 맞는 해에 그 '5월'을 동인의 이름으로 택하여 활동한 5월시 동인의 출판물 전체를 정돈하여 뒤따라오는 세대에게 남기고 싶다는 의견이었다. 우리는 잠시 고민하지 않을 수 없었다. 동인들 일부에서는 시효가 완료된 동인시집을 내면서 삼림의 훼손에 기여하는 것 아니냐는 극단적인 의견도 있었지만, 한때 정리되지 못한 채 중단된 동인활동의 모습을 다시 정리해서 넘기는 것이 앞으로 보다 나은 세상을 만드는 일에 일조할 수도 있다는 의견이 우세했다. 거기에 신작시를 모아 새로운 동인시집을 내자는 의기투합까지 더해져 일이 여기에 이르고 말았다.

그런데 원고를 수합하고 정리하는 사이에 또 하나의 시대가 닥쳐와 현재 우리 앞에 펼쳐지고 있다. 근대문명이 새로운 생태문명으로 전환되는 절체절명의 요구 앞에 우리가 서 있다는 사실을 증명이라도 하듯 '가장 미미한 생명체의 거대한 반란'이 세계를 흔들고 있는 것이다. 사스(SARS)나 메르스(MERS)를 뛰어넘는 새로운 역병의 출현 앞에서 주변에서는 기존 체제의 해체에 버금하는 변화 이외에 지구 안에서의 새로운 삶이 어려워졌다는 신호라는 견해가 대세다. 지구상에 가장 빠른 시간에 가장 광대한 지역을 점령하고 동서간의 대변혁을 이끌어냈던 몽골 문명이 쇠퇴한 직접적 원인을 제공했던 중세의 페스트(잭 웨더포드, 정영목 역, 『징기스칸 잠든 유럽을 깨우다』, 344-349쪽, 사계절, 2004)나 고대 아테네의 인구 3분의 1이 희생되는 참사를 이끈 괴질을 상기시키는 이 역병은 미구에 어떤 경과를 보여 줄지, 또 어떻게 종결될지 알 수 없다. 그러나 1980년 5월 광주의 비극을 새로운 민족사의 실현의 장으로 극복해 나온 우리 민중의 지혜와 힘은 Covid-19의 재난 또한 건강한 극복의 길을 찾아서 나아갈 것이다. 다만 우리는 그 속에서 우리 스스로가 기후변화, 극심한 경제적 불평등, 환경적·사회적 위기, 화석연료의 대량생산과 대량소비에 기반한 근대문명이 호혜와 상생의 생태문명으로의 대전환의 계기를 찾아가는 길과 단초를 열어 나가길 바라고 그러한 대의를 시와 시인의 몫으로 감당해 가는 일에 조금이라도 기여할 수 있기를 열망한다.

그러한 거대한 꿈에 견주어 본다면 이 책 5월시 동인시집 제7집 『깨끗한 새벽』은 한없이 작고 미약한 시도에 그칠지 모르겠다. 눈은 높고 손은 더듬거린다. 그러나 이를 계기로 우리가 1980년 5월 광주를 빛과 참된 시로 여기며 조금이라도 전체의 아름다움에 기여하려고 노력했던 마음들을 상기하면서 새로운 과제 앞에 마주 서고자 한다. 우리들의 몸과 마음이 좀 더 젊지 못한 데 대한 아쉬움이 한없다. 노추에 머무르고 마는 것이 아닐지 새삼 두렵고 떨린다. 하지만 시를 생각하고 쓰는 동안에는 우리가 여전히 청춘이어야 한다는 것을 믿으려 한다.

차례

박몽구

윤재철

강형철。

형제섬

삼방산 아래 용머리 해변길
마구 달려와
희게 굽이치는 파도는 말한다

사랑은 멀어도
물결처럼
늘 길이 있다고

밀려온 고사목 삭은 둥치
못다한 기다림 남아
손을 들어 허공을 쥔다

가끔
술병들도 고개를 모래에 처박고
소용없는 일이라며
잘린 엉덩이로 반항도 한다

형제섬 아랫굽이 지나며
얹어놓은 바위 모래에
다시 흰 거품은 엎어진다

끝난 사랑은 없다고

여전히 굽이칠 수 있다며

선양동에 뜨는 해

맨 손으로, 혹은 목장갑 끼고
우리 앞에 오는 추위를 더운 숨결로 물리치면서

콩나물국 호호 불어 마시면서
때로 목울대 너머로 설움을 삼키며

선양동, 군산에서 제일 먼저 해를 볼 수 있는 곳

묵은해를 보내고 새해를 맞는다

서럽지 않은 사람 어디 있을까
답답하지 않은 사람 어디 있을까

다시 시작한다

일제 때 토막난
선양동 산말랭이

서로에게 선물이 되며
서로에게 순정의 말을 나누는 세상으로

먼저 오는 햇살

악수하며 보듬으며

선양동 너머 군산 너머
미제가 제 맘대로 그어 놓은 휴전선 철조망 넘어

간다

네게로 간다

채석강에서

답사여행 하는 오전 열한 시
가을볕이 따스하다

머잖아 다시 못 올 길

돌연
어머니 생각

평생 동네 아주머니들과
곗방으로 쌍성루 청춘옥 외에
어디 놀러 가본 일 없는,

자식들 떼어놓고
어디 한 번 가본 일 없던

썰물로 빠진 바닷가로 내려선다

반죽 밀가루로 틈을 메운 시루떡
수 천 수 만 개 쌓아둔
절벽,

구절초

그 앞에 천천히 절을 한다

눈시울 숨어 적시며

여우팥

왕고들빼기 뒤쪽에서 건들거리는
작은 고들빼기
노란 꽃에 홀려

국치길 옆 귀퉁이 멈추어 선다.

한쪽에 우르르 선 망초들 힐끔거린다

주책 주책 주책

어여쁜 꽃에 나이가 무슨

작은 고들빼기 뒤에 다시
노랗고 둥근 꽃을 단, 더 작은
울근불근 실콩 줄기

휴대전화 켜고 꽃 이름 검색

여우팥이라!

여우들도 떡은 해먹겠지

그래서 콩이 아니라 팥이겠지

우리 조상들 마음도 넓어.

예후

나 아무래도 이제 갈 것 같아야

어딜 가실라고요

남들 다 가는 데

하이코 엄마! 차비도 없음서 어디 가신다고 그런댜
엄마는 여든도 넘어 잘 걷지도 못하잖어

그게 아니고…
응 그게 아니고…

어머니는 순간 손으로 나를 불러
가만히 내 손을 쥐신다

엄마 아직 멀었어
나랑 제주도도 가야 하고
누나도 봐야잖어!

나는 연신 딴소리로 넘어가고…

임종

이승에서

마지막

숨을 쉬는 것도

다시는 숨을 쉬지 않는 것도

다 보이셨다

손가락이 어떻게 파래지는지

멎은 숨이 가슴을 어떻게 잠재우는지

몸에 드나드는 공기가

얼마나 무거운 것인지

가르칠 것 다 가르치시고

카시미롱 얇은 이불 덮고

편하게 누우신

어머니

일 하러 가신 어머니

어머니가 타고 있었어. 밤 11시쯤인 것 같아 이제는 준비해야 한다는 의사의 말에 숨이 턱 막혀 인천 숭의동 요양병원 건너편 건축자재상 옆 정류장에 우두커니 앉아 있던 밤, 석바위 연안부두 그런 행선지를 붙인 버스였어. 알미늄 샷시 보일러 수리 등등의 간판불이 어머니가 탄 버스의 뒤를 막 쫓아가고 있었어

혼자 걷지도 못하는 분이 어떻게 버스를 탔냐고? 아냐 분명히 보았다니까 그때는 그런 생각 할 겨를도 없었어 순식간에 버스는 갔으니까. 무슨 소리야 그 다음날 늬 어머니 돌아가셨다고 장례 치르었잖아. 군산으로 모셔와서 문상도 받고 유해는 납골당에 모셨잖아

그러니까 그게 가짜 장례식이었어 그날 어머니가 동생 집에 간 것 같지는 않고 늦게 퇴근하는 사람들 속에 섞여 일자리 찾아 간 거야. 야밤에 무슨? 너는 몰라 옛날에 푼이로 나락 훑을 때 어머니는 새벽부터 나가 나락을 훑었거든 홀태 앞에 나락이 산처럼 쌓였어 남의 집 식모 살다 시집 온 뒤 살아보겠다고 어머니는 안한 일이 없어. 일 달라고 누군가 만나러 간 거야

넋 나간 소리 허들 마 지금 몇 년이 지났는데, 미친놈 소리 들어. 사람들이 더러 어머니 잘 모셨다고 했지만 그건 실제로

뭘 모르고 하는 소리야 대상포진 와서 약 드시고 오락가락 하실 때 화장실에서 혼자 그냥 쓰러진 거야 쿵 소리가 났으니 크게 넘어진 거지 게다가 대상포진후유증 예방주사를 맞아야 한다고 그 약한 몸에 무지하게 예방주사 맞혀드렸거든. 그 이후 못 깨어나신 거야

   실은 내가 그렇게 만든 것이지 그게 잘 모신 거냐? 야야 쓸데없는 소리 그만해. 그렇지 않다니까 틀림없어. 션찮은 자식 못미더워 어머니 다시 일하러 가셨어. 연안부두인지 석바윈지 그 쪽으로 가셨어. 버스 오른쪽 맨 앞. 의젓했다니까. 어머니 혼자 앉아 있었어. 무명수건 손에 그러쥔 채. 창밖으로 나를 물끄러미 보셨다니까. 못 미더운 자식 위해 할 일을 찾아가는 그런…

그레타 툰베리

그랬다
나는 그랬다

나 살기도 바쁜데
지금 당장 살기도 바쁜데
필요한 돈 돈 돈
그깟 기후변화가 무슨 대수냐고

광화문 복판에서 촛불을 들고
나라의 정의를 세워야 한다고 소리소리 질렀고
적당히 타협된 세상이지만 나름으로 성실하면 된다고
다짐하며 살았다

호주의 산불이 거세게 타고
베네치아가 물에 잠겨도
외국에서 일어난 일이고
그것들은 그 나라의 일이라며
뒷짐을 졌다

아베가 후쿠시마 오염수를 바다에 버린다면
막연한 인류를 들먹이며 규탄하기도 하고
트럼프가 미국의 이익을 위해 이란과 핵협정을 파기해도

나와 상관없는 일이라며
나라 사이엔 이익만이 행동의 원칙이 된다며
세상을 잠시 상기한 것이 전부였다

2018년 8월 금요일
스웨덴 의회 앞

지구의 기후를 지키기 위한 파업을 시작하며
수업에 참석하지 않고 행동한다며
'주말에 행동하는 것은 파업이 아니에요'
당당히 말한

그레타 툰베리
2003년 생 스웨덴 소녀

"집이 불타기 시작했는데 공부를 하고 앉아 있을 수 없다
바로 무언가 하지 않으면 안된다
우리는 모두 공황상태가 되어야 한다"

당당하게 선언한 소녀

2019년 9월 23일 유엔 기후행동 회의에서

내가 있어야 할 곳은 학교인데
여기에 온 것 자체가 잘못된 것이다*

당신들의 거짓된 말과 행동들이 내 꿈과 어린 시절을 훔쳐갔
다
사람들이 죽어가고 있다.
생태계 전체가 붕괴하고 있다.
우리는 대량멸종의 시작 지점에 있다.
그런데도 당신들은 돈과 영원한 경제 성장의 이야기들뿐이
다
어떻게 그럴 수 있나

이제 우리들은 당신들의 배신을 뚜렷하게 알기 시작했고
모든 우리 세대의 눈이 당신들에게 쏠려 있다

우리는 결코 당신들을 용서하지 않을 것이며
당신들을 이 책임에서 벗어날 수 없게 할 것이라고
바로 여기, 지금 우리가 이렇게 선을 긋는다며
좋든 싫든 세상이 깨어나고 변화가 오고 있다

* 2019년 9월 23일 유엔 기후행동회의에서 툰베리의 발언 중 발췌 인용

거침없이 선언했다.

연설하던 그날 수많은 지구인들 대신
트럼프에게 흘긴 그 눈빛을
나는 잊을 수가 없다

경멸과 분노로 타오르던 눈빛
참담한 저주와 절망의 눈빛

그 눈빛이 오늘 나의 가슴으로 날아온다

그런데도 나는 이렇게 태평하고 멀쩡하다
쥐구멍도 넓다

그랬다 나도 그랬다.

툰베리여

인류의 젊은 눈이 된

그레타
툰베리여!

고
광
헌.

애도에 대하여

복숭아꽃 데려가는 바람이 불면
오장과 육부 실핏줄 터진
실성한 놈처럼
붉은 꽃다발 들고
조문 가겠다

속 빈 채 꼿꼿하게 자라
시간을 거슬러 가는
만장행렬 끝
푸른 지팡이 길잡이 삼아

수중 공동묘지의 가묘들
천도를 비는 날
만종의 허리에
머리 던지겠다

함부로 밀어 낸 시간의 감옥
잠긴 빗장 제껴
오래오래 통곡하겠다

새까만 달 뜬다
검은 울음 마를 때까지

조문은 미루겠다

섣부른 애도는 사절이다

콩나물과 편도선

겨울 끝에서 봄으로 갈 때쯤
아랫목은 콩나물시루 차지였다
새까만 시루
새까만 무명천
새까만 볏짚재
콩나물이 올라오는 날이면
노랗게 편도선이 붓기 시작했다

빛 들어가면 안 된다
어머니 검은 무명천
살짝 들어 올리면
샛노란 콩나물 꼼지락거리고
내 편도선도
탱탱하게 자라기 시작했다

새까만 밤
검은 시루 아래
시커먼 물받이로 떨어지던 붉은 물방울 소리
온방을 깨우고
붉게 끓는 벼랑 아래 뛰어 들어
폭포처럼 휩쓸려가고 싶었다

산사람처럼 열 오르던 날들

가슴 안에서

시꺼먼 쇳소리가 자라기 시작했다

소년일기

봄이 현기증처럼 몰려오면
몸 안에서 피어나는 불놀이
풀무질에 달아오른
푸른 조개탄처럼 솟아올랐다

처음 들어보는
알 수 없는 말들
머릿속 울리고
입 안 퉁퉁 부풀어 오르자
대대로 물려 받은 마을의 치유술
황구렁이가 점잖게
담장 아래 벗어놓은 허물이
목안으로 들어왔다

어머니의 새벽 간구는
마루에 하얗게 쌓이고
창호지 문틈에 얼굴 묻고 자던 유년
온몸이 펄펄 끓는
꽃 잔치 끝에
소년이 찾아왔다

꽃샘바람에 가늘게 떠는 문풍지

그즈음

겨우 키가 자라기 시작했다

우리는 아무도 제대하지 못했다

산문이 넓은
절집의 겨우살이 속으로
주린 짐승들
초대하고 싶은 저녁

눈 내리는 겨울 한탄강
게으른 강물 속에
바짝 야위어 거꾸로 선 나무들
흔들리고 있다

야간훈련을 앞둔 병사들
시린 강물 속에서
두런거리고
한물간 목소리 매달린
플래카드
비명 지르고 있다

시효 없는 협정 문구처럼
완강하게 쏟아지는
눈보라 속에서 여직,
우리는 아무도 제대하지 못한 채
복무 중이었다

환지통幻肢痛을 앓는 산

조선조 임금이 벌채하지 말라고
특별 교지를 내렸다는 늙은 산에 가 보았다
십만 그루 발목을 잘라 쌓아놓은 킬링필드
둥근 것은 아름답지 않았다

나무는 종種, 인간을 철들게 한 첫 선생
하늘 아래 살아있는 것들 죄다
제 아래 두고도
앉거나 눕지 않고 서서
모두의 동무가 됐다
지상의 예언자들을 위해
하늘과 별의 교신자가 되었다

정치꾼들과 토건업자들이
톱질을 시작하자
침묵 속에서 늙은 현자들은
제 몸을 내줬다
나무보다 먼저 산을 지켜온 바위는
온종일 검은 땀을 흘리며
전기톱이 밑동을 빠져나올 때마다
제 가슴을 펼쳐 주검을 받아냈다

난데없는 역모에 사지를 내 준 가리왕산
이제 밤낮으로 환지통을 앓고 있다
쏟아지는 햇빛은 흙을 끓어오르게 하고
바람은 구름을 붙잡지 않는다
경기를 일으킨 나무들 키 멈추고
달아난 짐승들 돌아오지 않는다

나무 없는 숲에
안개라도 오는 날이면
잃어버린 팔과 다리를 부르는
나무들의 비명이 온산의 메아리를 부른다

알고리즘

　에스엔에스 공간에서 팔로우어가 많은 페이스 북 친구에게 시린 무릎을 데리고 아버지를 만나러 갔다는 시 한 구절을 덧글로 달았더니, 무릎에 좋다는 의약품을 파는 제약회사의 상품 광고가 시도 때도 없이 타임라인에 출연했다.

고라니의 길

오래된 산길을 깎아 만든 경춘 고속도로를 가다 보면 로드킬 당한 동물들이 유난히 많다 제일 많이 죽는 동물은 사슴을 닮은 고라니다 어느 날은 너구리 네 가족의 비명횡사, 멧돼지와 오소리 족제비도 많이 당한다 개체 수가 많은 동물이 죽임을 당하는 빈도가 높다는 주장도 있지만 달리 생각해 볼 이유도 넘친다

고속도로가 생기기 전 그 길은 고라니들 것이었다 수만 년에 수만 년을 더한 세월, 대를 이어오면서 제 몸에 새긴 유전자지도 유도장치가 안내하는 대로 달렸을 뿐이다 누대에 걸쳐 달리던 길에서 네 발 굴리는 짐승이 뛰어오자 함께 달리려 나섰을 뿐이다

새 길이 나면 처음엔 많이 죽지만 시간이 갈수록 줄어든다고 멍청한 동물생태학자가 말한다 지피에스 유전자지도를 바꾸려면 수만 년의 수만 년이 필요한 種 고라니, 길 아닌 길 안에서 길을 잃고 있다 맹수로 진화할까 종 멸실로 갈까 속도가 빠르면 타 버린다

노포 老鋪

중림장은 소도시 읍사무소 뒷골목
중국식당 이름 같지만
서울 사대문 안 일대에선
값싸고 맛있기로 소문난 설렁탕집이다
올해 아흔한 살 안영자 할머니가
중림동 약현성당 아래 개업 해 사십팔 년이 되었으니
요새 눈금으로도
노포 축에 들어갈 만하다

안영자씨의 단골손님은
전국에서 부친 화물의 종착지
서부역에서
몸을 부려 가족 부양해온
날품팔이 지게꾼 리어카꾼에
하급 철도노동자와
지금은 사라진 대왕빌딩 종로학원
재수 삼수생이었다

세상 달라져 서울역은
케이티엑스 전용역으로 변신하고
중림장 바로 옆엔 최신 아파트에
큰 신문사가 들어서

연봉 높은 넥타이들로 손님이 바뀌었지만
여태 칠십 년대 골목풍경을 지켜온
중림장 설렁탕은 만 원에 세 장이나 밑이다
대여섯 평 남짓한 홀에
양반자세로 쭈그리고 앉는
방 하나와 다락에서 손님을 받지만
점심때가 되면 늘 먼저 와 기다리는
플라스틱 화분의
꽃들과 같이 줄 서는 재미도 있다

삼 년 전부터 가게에 나오지 못하는 할머니
키 낮은 출입문에 눈길 고정한 채
샤샤셕셕 샤샤셕셕
푸른 대파 썰면서
밥 더 넣어라 고기 더 넣어라
일일이 챙기던 안영자씨

지금은
쉰다섯 막내아들이
엄마손 놓친 얼굴로 지키고 있다

곽재구.

세월

하얀 민들레 곁에 냉이꽃
냉이꽃 곁에 제비꽃
제비꽃 곁에 산새콩
산새콩 곁에 꽃다지
꽃다지 곁에 바람꽃

소년 하나 언덕에 엎드려 시를 쓰네

천지사방 꽃향기 가득해라
걷다가 시 쓰고
걷다가 밤이 오고
밤은 무지개를 보지 못해
아침과 비를 보내는 것인데

무지개 뜬 초원의 간이역
이슬 밭에 엎드려 한 노인이 시를 쓰네

비

비는 갈참나무 우산을 쓰고
들판으로 걸어가다 나를 만나네
나는 우산이 없으니 비를 보고 그냥 웃네
비는 천지사방에 뽀뽀를 하고 굽은 내 등허리에도 뽀뽀를 하
네
비는 대놓고 뽀뽀하면서 부끄러움이 없다네
대낮에 비를 만나면 간지럽고 부끄럽다네

江上禮雪

사미야 강에 눈 온다
홀로 무릎 꿇고 눈보라 맞으며
무슨 생각하느냐

인간의 수와
별의 수
강변 모래알의 수를 다 더하면
슬픔의 수가 된다고 내게 말했지

눈은 펄펄 노래하며 춤추는구나
눈은 마을의 집들을 보리밥처럼 부풀게 하고
눈은 버려진 풀씨들의 이마에 입맞춤하고
눈은 작은 나룻배 위에 가득 쌓여
강물과 나룻배를 한 몸으로 만들고
눈은 시를 쓰다 얼어 죽은 노인의 오두막
봄이 오면 파랑새의 노래 가득하게 하고

눈은 아주 작고 부드러운 망치로
바위를 두드려 언젠가 모래를 만들지

사미야 강에 눈 온다
저 가슴 저미는 손편지를 개봉하고도

여전히 슬픔의 수에 집착하느냐
무릎 꿇고 눈송이에 입 맞추며
너의 깊은 잠을 먼먼 나라로 보내렴

별똥 떨어진 곳

스무 살 적에 그는 학생 운동을 했지

화염병을 들고 페퍼포그 장갑차 앞에 서서 옷소매를 펄럭였
지

서른 살이 되자 그는 광고회사의 팀장이 되었지

연인들이 어떤 맥주를 마셔야 하는지 다정하게 알려줬고

어떤 치킨을 밤참으로 먹어야 입사시험에 합격하는지 속삭
였지

새로 지은 브랜드 아파트 분양 광고를 하다가

마흔 살이 되어 여당 대통령 출마자의 선거 참모가 되었지

당신이 좋아요 당신은 우리의 꿈!이라는 카피를 썼지

오십 살이 되어 총선에서 공천을 얻어 국회의원이 되었지

4년 동안 악머구리 이리떼의 소굴을 전전하다 제 발로 나왔
지

여의도를 떠난 그가 어디로 갔는지 알 수 없지

스무 살이 되기 전 지용의 시를 좋아했고

언젠가 별똥 꽃 떨어진 곳 찾아간다 했지

형제

우수리스크역에서 옷섶에 숨긴
이콘화를 팔던 사내의 고향은
청천강변 작은 강마을이었다 한다
버드나무 꽃가루 날리는 지금쯤
강변에서 잉어낚시를 하고 봄 감자를 구워먹었다고 한다
고난의 행군 시절
부모도 형제도 다 말라 죽고
혼자서 두만강 건너왔다고 한다
살아남기 위해 로스케 말을 배우고
고려인인 척하지만
고려인 여권도 중국 여권도 공화국 여권도 없는
무국적자가 되었다 한다
잘사는 남녘 사람들 보면
해방 전까지만 해도 한 민족 한 핏줄이었다는데
북녘 사람들 씨 말라 죽어갈 때
밀가루 한 포 입쌀 한 가마 보내지 않은
그들이 형제일 리 없다고 생각한단다
백 달러 지폐 한 장을 주고
진짜일 리 없는 그의 이콘을 사
돌아오는 저물녘
우리는 언제부터 형제가 아니었던가
생각하고 생각하였다

파르티잔스크

붉은 벽돌 건물 따라
감자꽃 피어 있는 도시의 이름 속에
스무 살 적 꿈이 깃들어 있다
지평선 끝까지 펼쳐진 집단농장
감자밭에 스프링클러로 물을 주던 노동자는
이름도 나이도 고향도 아무 대답이 없었다
잘 있으오, 내가 자리를 뜨려 할 때
한국에서 왔소? 그가 입을 열었다
반가운 마음에 고려사람인가? 물으니
그렇다고 한다
타슈켄트에서 태어나고 자라
이리저리 떠돌다 원동으로 왔다고 한다

25년 전 그 도시의 니자미 사범대학 한국어 학과에서
80년대 남쪽의 시 강의를 마친 내게 학생들은 시가 아닌
어떻게 하면 한국에 갈 수 있는가를 물었다
착하고 때 묻지 않은 그들이 중앙아시아의 초원에서 살기를
진심으로 바란 나는
한국은 당신들이 생각한 천국이 아니라고
당신들이 살아나갈 조국은 이곳이라고
이곳에서 한민족의 외연을 확장시켜 나가는 게 고려인의 몫
이라고 말했다가

피 터지는 비난을 받았다

그도 한국에 가고 싶으나
여권이 없어 갈 수 없다고 했다
사마르칸트와 우슈토베에서 만난
고려인 이야기를 하는 동안 해가 졌다
헤어질 때 그가 내게 된장이나 고추장 가진 것 없냐고 물었
다
저물녘 숙소에서 순창 고추장과 된장 한 통씩을 건넬 때
찌들 대로 찌들어진 그의 얼굴이 환해졌다

우즈토베*의 민들레

팔작지붕에 회벽을 두른
기와집 마당에
순한 얼굴의 민들레 두 송이가 피어 있다
꽃 곁에 쭈그리고 앉아
꽃의 이마와 볼 눈썹에 눈 맞추는데
꽃이 나를 와락 끌어안는 느낌이 있었다

찰나 속을 흐르는
영원의 강

한 노인이 다가와 가만히 내 등을 끌어안았다
거친 주름살이 내 뺨을 스치는 동안
민들레 꽃 냄새가 났다

내 이름은 세르게이 김
김해 김씨인데 조선 이름은 잊었다
남원에서 태어났지만 남원이 어디인지는 모른다
당신은 남원을 아는가?

* 우즈토베: 1937년 스탈린의 강제 이주 열차를 타고 온 조선인들이 중앙아시아의
사막지대에 세운 최초의 조선인 마을. 불술기는 증기기관차를 이름이다. 1995년 해
철과 우즈토베에 갔다. 인생 여행이라 할 것이다.

아버지는 제사를 지낼 때 무릎을 꿇고 절하셨다
죽은 사람에게 절할 때 두 번을 한다고 들었는데 사실인가?

그가 내 손을 붙들고
끝없이 이야기하는 동안
더듬거리는 전라도 사투리 속으로
배추흰나비 한 마리 팔랑팔랑 날아올랐다

그의 손녀 나타샤는 스물두 살
비쉬케크 대학 한국어학과 4학년이라 한다
눈빛이 소처럼 맑고
웃음소리 월등 복숭아 꽃 냄새만큼 달았다

소비에트가 붕괴된 후 유대인들 고국 이스라엘로 돌아간다
고
고국에 돌아가면 집도 주고 직장도 다 준다고 했다
한국은 언제 우릴 부르는가? 묻는데 할 말이 없었다

부엌 앞에 나무 절구가 놓여 있다
1937년 강제 이주 열차를 탈 때
조선에서 할머니가 가져온 것이라고 나타샤가 말했다
두부 된장국 끓이던 할머니가 이야기했다

조선사람은 어디에 살든 이팝을 먹지
그래 불술기에 절구를 실고 왔지
잘하셨어요 어르신 나는 할머니의 손을 잡았다
하얀 옷을 입고
두부 된장국을 먹고
팔작지붕 기와집에 박넝쿨이 자라는 동안
우리가 고려사람이라는 것 잊은 적 없어요
한국 사람들 자랑스레 이야기하는
5천 년 역사가 이곳에 숨 쉬고 있어요

1937년 그날
왜 우리가 중앙아시아의 허허벌판에 버려졌는지 단 한 번 묻
지 않은
조국이여, 당신은 부끄럽겠지만
우리는 부끄럽지 않다
나타샤의 하얀 볼우물이 내게 얘기하는 것이었다

밥 버러지

버러지가 기어간다
버러지가 기어간다
버러지가 기어간다
꿈틀
꿈틀
꿈틀
리듬이 기괴하다

버러지가 밥을 먹는다
돈까스 스테이크 팔보채 란자완스 탕수육 랍스타 킹크랩
스키야키 하모유비키 애저 수육에 히잇 용봉탕 한 그릇
걸쭉하게 먹고 버러지는 밥버러지가 된다

밥버러지는 버러지이므로
위장 전입하는 데 어려움이 없다
나무 그늘이나 교회의 종탑이나
부동산 중개사무소나 망설이지 않는다
당신의 목구멍 안으로 스며들 때도 있다

밥버러지는 다운계약서 위를 꿈틀꿈틀
기어가는 것으로 만보 걷기를 대신한다
당신은 밥버러지가 기어간

다운계약서 위에 눈 찔끔 감고 사인을 한다 Happy!

밥버러지는 콤플렉스가 있다
밥 먹고 똥 싸느라 가방끈이 짧아 걱정이다
어느 날 동무 밥버러지가 가져온 논문 위에
슬며시 자기 이름을 새긴다
히잇! 나도 이제 박사야 밥버러지 박사

밥버러지는 꿈틀 꿈틀 꿈틀 기어간다
비와 눈과 바람 햇살 속을 가리지 않는다
젊은 날 한때 별을 보며 시를 쓰던 당신도
꿈틀 꿈틀 구부정 지나간다
콩가루가 떨어지면 주워 먹으려고

조선의 가을 하늘

한 손에 태극기
다른 손에 성조기 들고
아비야 시방 어디 가느냐
반도의 가을 햇살 임자도 소금밭인 듯 환한데
한 손에 펄럭이는 조국의 깃발
다른 손에 펄럭이는 이방의 깃발
나란히 외치는 모습 씁쓸하구나

녹두꽃 피고 지던 갑오년
보국안민 깃발을 든 농민군들
일본군 기관총에 추풍낙엽 쓰러질 때
그들 손에 로스케 깃발이며 청나라 깃발
들렸다는 말 듣지 못했지

백설기 떡보다 하얗고
배꽃보다 순결한 조선 처녀 총각들
3·1 독립만세 외칠 때
그들 손에 펄럭이는 것
하켄크로이츠도 유니언 잭도 성조기도 아니었지
하늘과 땅과 사람의 조화
태극의 깃발 방방곡곡 펄럭였지
4·19, 부마항쟁, 5·18 때

우리 손에 들었던 것 조선의 깃발 태극기였지

5·18 때였지 미국 항공모함 푸에블로 호가
광주를 구하기 위해 한국으로 오고 있다는
격문이 금남로 거리에 붙었었지
미국 항공모함이 광주를 구하기 위해서가 아니라
미국과 계엄군을 위해 왔다는 사실을 그땐 알지 못했지
절박한 그때도 단 한 명 광주사람 미국 깃발 흔들지 않았지

홍콩 사람들 요즘 성조기 흔들며 싸우지
미국이 그들을 도울 거라 생각하지
망상이 망상을 부를 때 그보다 슬픈 일은 없지
미국은 미국 이익을 위해 싸울 뿐
겉과 속 완전히 다르지
외세에 기댄다는 것
괴혈병을 막기 위해 흑사병을 불러들이는 것과 같은 법

아비야 가을 하늘 파랗구나
흰 구름은 자꾸만 어디로 가자 손짓하는구나
산언덕 구절초 꽃
바람에 날리는 생비단인 듯 푹신하고
억새꽃 은하수보다 신비한데

아비야 한 손에 태극기 들고
한손에 억새꽃 구절초 꽃다발 들고
주말에 광화문 광장도 가고 서초동도 가자
미 대사관 정문에 이방의 깃발 수북이 쌓아두고
천지인 우리 깃발 펄럭이며
8천만 우리 힘으로 좋은 세상 만들자

늙은 시인은 새 시집 읽는 게 두렵지 않다

늙은 시인이 종이 가방을 들고
강을 따라 걸어간다

수양버들 가지 사이
밀화부리 노래 소리가 맑다
시인이 수양버들 아래 앉아
오랜 동무의 노래를 듣는다

시인이 종이 가방에서 시집 한 권을 꺼낸다
첫 장을 찢어 종이배를 접는다
종이배는 강물을 따라 졸졸졸 흐른다
시인이 다른 시집의 첫 장을 찢어 종이배를 접는다
종이배는 물살을 따라 명랑하게 흐른다
일곱 권의 시집으로 하나씩의 종이배를 접었을 때

염소가 왔다

염소는 음메 배가 고프다
염소에게 첫 장이 없는 시집을 준다
염소는 시집을 먹으며 웃는다
시집을 열심히 먹으면 언젠가 자신도
종이배가 되어 강을 따라 흐를까 생각한다

종이배와 염소가 있으니
시인은 새 시집 읽는 게 두렵지 않다

김진경.

산귀 山鬼

희박해진 공기에
모든 것이 증발하는 산정山頂

휘발하는 오래된 기억들이
바람에 날려가는 북덤불처럼
저희들끼리 얽혀 구르다

스쳐가는 안개 자락 사이며
바위틈에서
갸웃갸웃 고개를 내밀기도 하고

바람에 갈퀴처럼 휘어진 고사목 뒤
쪼그리고 앉아 있다
슬며시 사라지기도 한다

그가 앉았던 자리
두고 간 열매 한 알이
찬 안개에 젖어
타는 듯이 붉다

폭설

길이란 길은 모두 끊겨
초조히 창가를 서성이며 두고 온 일들을 생각하다가
하릴없이 난로에 장작을 던져 넣으며 불을 쬐기도 하고
마당에 나가 눈삽으로 길을 내기도 하고
갑자기 생각난 듯 쌀을 씻어 밥을 안치기도 하다가
문득 내 존재를 위해 일을 해 보는 게 얼마 만인가 깜짝 놀란
다

그러고 보면 길은 참 오래 전에 이미 끊겼었다
내 존재를 위한 일이 노동으로 불리지 못하게 된 순간
나의 노동이 내 존재를 위한 것이 되지 못한 순간
나의 노동이 누군가에게 따뜻한 불이 되지 못한 순간
그리하여 나의 노동이 오로지 모욕과 상처가 되기 시작한 순
간

그러고 보면 폭설은 오히려 여기서 다시 시작하라고
새로 길을 열어준 것인지도 모르겠다
거대한 흰 새의 날갯짓처럼 눈보라가 창문을 흔들고 지나가
고, 나는
먼 옛날 청동의 발톱으로 사람을 집어 우주나무 둥지로 데려
가
영혼의 알이 되게 하였다는

그리하여 다시 태어나게 하였다는
청동 부리의 거대한 매를 떠올린다

캄캄한 산속, 영혼의 알처럼 장작불빛에 물들어 환한 방
그 속에 나는 웅크리고 누워 내 안에 흰 눈처럼 쌓여 나를 그
득하게 채워가며
장작 불빛에 붉게 익어가는 하루의 고단한 노동을 본다
먼 옛날 영혼의 알에서 사람이 깨어나면
대지의 어디엔가 그 사람의 나무도 함께 솟아났다고
거대한 흰 매가 창밖의 어둠을 할퀴고 지나가는 밤, 나는
폭설에 큰 가지를 뚝 부러트린 채
캄캄한 하늘을 향해 올연히 솟아 있는 소나무를 생각한다

국화차
—화귀花鬼

늙은 여승의 희고 고운 손이
정갈하게 말라 콩알만 해진 국화 몇 개
찻잔의 뜨거운 물 위에 떨어트린다

물 먹은 흰 덩어리
꽃잎을 하나하나 펴고
이윽고 작은 꽃송이 되어 물 위에 뜨면
찻잔 위를 떠도는 희미한 향기

꽃의 유령 같다
생전의 꽃을 향해 안타까이 손을 뻗는
하지만 그 손길
어찌 생전의 꽃에 가 닿을 수 있으랴

늙은 여승 살신공양殺身供養으로
정갈하게 말라 작아진 제 머리를 툭 잘라
뜨거운 찻물 위에 떨어트린다

흰 피가 찻물 속으로 번져가고
전율처럼 생전의 꽃이 희미하게 나타났다 사라지고
비릿한 국화향기가 방안을 떠돈다

한월寒月

저 달이 흐물흐물 흔들리며
누군가의 얼굴이 되는 걸 본 적 있니?

누군가의 얼굴이
하늘에 환하게 떠서 내려다볼 때
몸의 피가 한꺼번에 빠져나간 듯
저 깊은 밑바닥으로부터
온몸을 흔들어 새카맣게 무너트리는
한기를 느낀 적 있니?

그렇게 새카맣게 무너져
찬 바닥에 주저앉아
철 지난 유행가 한 자락이라도 흥얼거려 본 적 있니?

그런 그리움이 없었다면
내 삶은 유행가 한 자락만도 못한 거라고
겨울 하늘 달이 찬웃음을 웃고
난 오줌을 누다 한기에 부르르 떨며 뛰어 들어와
절절 끓는 아랫목 이불 속에 몸을 웅크린다

그런데 왜 뜨거운 방바닥이 이리도 섬뜩하게 찬가
웅크린 내 안 새카만 진앙 깊숙이

아직도 비수처럼 박혀
못 견디게 시린 빛을 내뿜는
깨어진 달 한 조각

전설

옛날 밥 한 덩이 얻어먹은 스님이

성문의 사자상 눈이 붉어지면 큰물이 질 것이니

즉시 높은 산으로 피하라

걱정 많은 노파 매일 가서 사자상 눈을 들여다보았지

성문 지키는 병사 장난삼아

사자상 눈을 붉게 칠해놓았더니

다음 날 노파가 와서 보고 허겁지겁 뒷산으로 달음질쳤네

병사들이 그 꼴을 보며 낄낄거리다가

그런데 왜 자네 머리 위에 물고기가 앉아 있나?

글쎄? 자네 머리 위에도 물고기가 앉아 있는데?

그 천년쯤 뒤던가

어린아이들을 실은 배가 침몰하고

그 배와 함께 한 나라가 침몰하고

뒷산으로 피할 수 있었던 사람도 없었다 하지

왜 자네 머리 위에 물고기가 앉아 있나?

글쎄? 자네 머리 위에도 물고기가 앉아 있는데?

두근두근

내 젊은 시절, 비무장지대
엎드려 겨눈 총구의 가늠자 속으로 나타났던 그 노루
오래 전 발목지뢰에 다쳤는지 세 발 다리로
기우뚱 기우뚱 다가오다 멈추어 날 응시했지
순간 내 심장이 옮겨가기라도 한 듯
총신을 거머쥔 손바닥에서 심장이 뛰었네, 두근
심장의 고동을 따라 총구가 흔들리고, 두근두근
흔들리는 가늠자 위의 들판과 언덕이 두근두근두근
그 노루는 어떻게 되었을까
여린 새싹 위를 구르는 아침 이슬 속에
문득문득 모습을 보이기도 하고
세월이 지난 뒤 어린 딸의 맑은 눈망울 속에
문득문득 모습을 보이기도 하더니
지금 저기 기우뚱 기우뚱 오고 있다
북쪽에서 걸어오는 그이의 등 뒤에, 두근
남쪽에서 걸어오는 그이의 등 뒤에, 두근두근
오랜 세월 그어져 굳어진 선을 넘어, 두근두근두근
부둥켜안는 두 사람의 등 뒤에서, 두근두근두근두근
마침내 두 사람을 하나로 끌어안는 흙 가슴이 되어
두근두근두근두근두근

즐거운 일기예보

오늘은 맑아
얼굴을 간질이는 아침 햇살에
당신은 눈을 뜰 것입니다
필리핀 해구의 심해어들이
고산족인 당신의 얼굴을 보러 와
오후부터 파도가 높게 일겠으며
심해어들이 켜드는 인광으로
풍랑이 예상되고
저녁 무렵
빛을 내는 해파리들이 당신의 뜨락을 밝히는
낮은 수위의 해일이 발생할 가능성도 있습니다
해일 발생 시 시계들이
달리의 그림처럼 흘러내리는 피해가 예상되오니
주의하시기 바라며
흘러내리는 시간에 표류하는
배들의 난파가 예상되오니
난파하는 바다를 향해
당신의 바다를 열어두시기 바랍니다

똥배

우리 집 정화조 푸러 온 할아버지
담배연기를 산발한 백발처럼 흩날리며
예전에 서울의 똥은
지금 환일고가 있는 마포 언덕 절벽에서
아래로 쏟아 부었어, 거기가 똥 바다였지.
그 똥이 묵어 적당히 삭으면
제비들이 까맣게 하늘을 덮고 돌아오는 봄
김포 들판을 스치고 오는 바람이 달 때
배로 싣고 마포나루, 강화도 앞 벽란도 지나
바닷가 따라, 혹은 임진강 따라 거슬러 올라
황해도 과수원에 팔았다네.
그 서울의 똥을 먹고 가을볕에 달게 익은 과일을
서울 사람들이 다시 사먹었지.
아, 그랬었지 임진강과 한강이 만나는 하구
마포나루로 개성포구로 가는 배들
벽란도에 흥성한 장이 서고
푸짐하게 퍼주는 객주집 국밥이 끓고
산발한 백발처럼 흩날리는 담배연기 사이로
마침내 돌아오고 있다
여기저기 박혀 부시게 햇빛을 반사하는 사금파리처럼
소박맞은 새댁이 헹구는 놋쇠요강에 쟁쟁한 햇살처럼
춤추는 취발이가, 굳어 있는 세상 밖으로 한발을 디딘

서화담이 토정이 허균의 홍길동이

그 모든 피 흘리던 이단들이

묶인 땅을 떠나 유령처럼 떠돌던 역사가

마침내 돌아오고 있다,

한강하구 철조망을 넘어 푸르게 뻗어가는 버드나무 군락처

럼

금단의 선을 넘어 마침내 서로를 부둥켜안고

향그러운 흙이 되고 풀이 되고 꽃다지며 민들레가 되고

그 모든 것을 흔들며 불어가는 달디 단 바람이 되고

막혔던 길을 뚫고 흐르는 강물이 되어.

나
종
영
。

물염의 시詩

시인아,
시를 쓰려거든
시를 그대가 쓴다고 생각하지 마시라

시는 밤하늘의 별빛과 들판의 바람소리,
강가의 돌멩이와
산 너머 구름의 말을 빌린 것이다

시인아 시를 만들지 마시라
시는 한줄기 아침햇살, 붉은 저녁노을,
시린 달빛의 언어가
어린 풀벌레와 짐승의 피울음 소리를 넘어
가까스로 오는 것이다

시는 어두워지는 숲속
날아가는 산새들이 불러주는 상흔傷痕의 노래
나지막한 그 숨결 그 품안에서
살아오는 것이다

시인아,
그대가 진정 시를 쓰려거든
지상의 모든 시를

새벽 눈물 메마른 소금호수에
다 흘려버린 후

가난한 세월에도 물들지 않는
물염勿染의 시를 쓰시라

소멸消滅에 대하여

사라지는 것들과 낡은 것들의 뒷모습에는
아련한 슬픔의 향기가 배어 있다

숲길을 걸을 때 뒤에서 풍겨오는
습윤濕潤의 나무냄새,
폐부 깊숙이 스미어 오는 진한 흙냄새 같은 것
그것은 백 년 동안의 시간이
가슴을 뚫고 간 무게를 지니고 있다

흰 그늘처럼 서늘하기도 하고
핏방울처럼 뜨겁기도 하는 그것,
낡아져 사라져가는 것들에게서는
노을 같기도 하고 물안개 같기도 한
적멸寂滅의 시간이 남아 있다
그것은 가끔 한 쌈의 바늘이 되어
깊은 상처를 찌르기도 한다

외딴집 돌담 위에 웅크리고 우는
애기 밴 고양이의 울음처럼
외롭거나 쓸쓸하거나 배고프거나
아직도 뜨겁게 사랑하거나
가까스로 견딜 만큼의 시간이 남아 있거나

사라지는 것들은 내 안에서 네 안으로
이 만치에서 저 만치로
잠시 중심이 움직이는 것일 뿐
세상에 진정 사라지는 것은 없다

허무한 사랑도 뜨거운 이별도
몽당빗자루도 지붕을 타고 흩어지는
청솔가지 냄새도 분명 그렇다.

호남 들판을 지나며

눈 내리는 저 들판의 이름을
누가 고이 지어냈을까?

익산, 전주, 임실, 오수, 남원,
곡성, 구례구, 괴목, 순천, 덕양, 여수
땀 흘려 아름다운 사람들이 사는
비산비야의 이름들이다

벼가 고개 숙이고 익어가던 눈부신 황금들판이다
어둠이 내리면 별이 뜨고
지평선 너머 시대의 한복판을 걸어갔던
눈빛 형형한 한 사내가 떠오른다

저 마른 들판 타오르는 불길 속으로
걸어갔던 사람, 봉준이도
껍데기는 가라 외쳤던 젊은 시인도
아편을 털어 넣고 순절한 매천도
저 눈발 내리는 들판을 밟고 앞서 갔으리
어둠 속 불빛 깜박이던 저 산하 뜨거운 이름을
목놓아 부르고 불렀으리
검정치마 흰 저고리 댕기머리 열다섯 어린 처녀도
빼앗긴 봄언덕에 달려가 만세 만세소리를 외쳤으리

손금처럼 핏줄처럼 굽이굽이 들판을 따라
사람들이 살아가는 땅
누가 이 고운 이름을 죽도록
다 살아냈을까?

대전, 논산, 강경, 함열, 김제, 정읍,
장성, 송정, 나주, 영산포, 함평, 무안, 몽탄, 목포,
그리고 광주

아, 그리운 호남들판의 이름들이여
천년을 더불어 살아
숨결조차 아름다운 사람들이여

오늘 역사를 빼앗긴다 해도

분노에 치를 떨어 잠이 안와도 자야겠다
교과서를 바꿔도 역사는 앞으로 가고 기억은 남는다
강물의 경전에 먹물을 뿌린다 해도
아침이면 강물은 맑아지고
역류逆流의 물고기는 내일을 향해 솟구치리라
분노에 치를 떨어 잠에 못 들면
잠 못이루는 사람들이 모여
횃불을 들어 새벽을 만들고 맞이하리라
교과서를 바꿔도 역사는 기록되고
기억은 오래오래 남아
내일이면 아이들의 책 읽는 소리가
교실에 가득 차리라
책이 없으면, 책을 빼앗기면
나무에 나뭇잎에 우리의 정신을
우리의 역사를 바르게 새기리라
하늘이 보고 땅이 보고
살아 있는 사람들이 모여 있는
광화문 광장에 피를 토하듯
나의 모국어,
진실의 시를 새기고 또 새기리라.

눈물밥

눈물이 밥이다
눈물을 흘리면서 먹는
밥은 곧 눈물이다

밥이 눈물이다
하루 밥을 먹기 위하여 서른 번의
눈물을 흘려야 한다면
눈물은 곧 밥이다

눈물이 귀한 세상
밥을 먹으면서 웃는 세상
웃으면서도 밥을 먹는 세상

그런 세상이 왔으면 좋겠다
두레밥상 가에 둘러앉아
웃으면서 먹는 온 세상의 고봉밥이여

눈물로 먹는 밥이
촛불이 되고 민주주의가 되고 평등이 되고
유모차를 끄는 평화가 되는 세상

눈물이 밥이다

광화문 광장 구석에서 차가운 맨밥을 삼키던
아우여
밥이 곧 세상이고
사람냄새 넘치는 자유의 길이다

밥을 씹으면서 걷는
눈물의 길이여
가슴 뜨거운 세상의 사랑이여

겨울 백양사에서

어느 겨울날에
나는 한 마리 버들치이었거나
얼음장 밑에서 지느러미를 흔드는
눈 맑은 빙어氷魚라도 되겠지
붉은 잎 다 떨어진 단풍나무 아래에서
게송을 외우는 나무물고기가 되어 있겠지
찬바람 불고 느티나무 잎사귀 다 지고 난 후
그리운 사람이 오지 않는다 해도
사랑 그 아픈 이름이 멀어진다 해도
물 위에 내리는 눈송이에 손 흔드는 물풀이 되겠지
한 마리 버들치도 빙어의 지느러미도 없는 저녁
차마 눕지 못한 풀이 되어
그대에게 가는 풍경風磬소리가 되네
산새가 물고 가는 허공의 풍경소리,
그 너머 스러지는 은빛 물비늘이 되겠네
어느 겨울날 나는 한 마리 버들치이었거나
마른나무 가지에서 기도하는 물고기가 되리
눈 내리는 겨울 백양사
징검다리 건너 길 떠나가는 나그네의 발자국이 되리
그대 등 뒤에 비추는 한 올 햇살이 되리

물염정에 가서

그대는 바람소리를 놓아두고 떠났다
하얀 눈길 위로 발자국 하나 없어도
그대 가는 길이 훤히 보여 눈이 아프고 시리다
물염정*
적벽 소나무에 눈꽃이 일고
강물이 멈춘 어둔 시간에
그대는 홀로 어디쯤 닿아 있는가
훨훨 버리고 떠난 그대가 남겨둔 솔바람소리
저 단애를 비껴간 세월은 아직 눈썹달마냥 남아 있는데
흩어지는 눈발을 뒤로 하고
그대는 오늘도 어느 길 위에서 뒤척이는지
세상 어느 것에도 물들지 않는 물염적벽에
그대는 칼끝을 세워 청풍 바람소리를 새기고
쇠기러기 떼지어가는 새벽하늘
강물은 굽이굽이 떠나간 그대 흰 옷자락을
혼신의 힘으로 붙들고,
멀리 하나 둘 등불 켜진 마을
언 강둑 위로 맨발을 끌고 가는
그대의 마지막 잔 기침소리가 들린다.

* 물염정勿染亭: 화순 이서 적벽에 있는 정자.

꽃의 여행

돌아오는 꿈을 안고
길을 떠나네
무엇을 얻기 위해서가 아니라
내 몸 안에 모든 것을 비우기 위해
먼 길을 떠나네

꽃이 피는 날 눈시울 붉었던 것처럼
꽃이 지는 날 눈물이 났네
함께 울었네
멀리 있는 사랑과 함께
그리운 것들은 내 생의 뒤란에 있고
기다리는 것들은
물가 나무에 기대어 홀로 서 있네

다시 돌아오는 꿈을 위해
길을 떠나네
꽃이 피는 날 떠나간 사람
꽃이 지는 날에도 오지를 않네
내 안에 모든 것을 지우기 위해

꽃은 절정絶頂에서 피고
꽃은 절명絶命으로 지네.

나해철.

윗옷

저놈 잡아라
저놈!
죽여라

광주 80년 5월18일 금남로
등 뒤에 쏟아지던
살육의 언어

골목으로 뛰어들어
숨을 곳을 찾아 달릴 때
윗옷을 벗어 던졌지

옷은 바로 전달
4월에 치른 혼인 예복

옷색을 달리하면
쫓다가 긴가민가 할까봐
전두환타도를 목놓아 외치던
그놈이 어디 갔나 할까봐

목숨 대신 벗어주고
뛰어 달려

골목안 담을 넘었네
그리고
살았네

그 후로
윗도리는 여태 찾지 못했네
돌아오지 않았네
4월의 기쁨도 5월의 환희도
함께 잃어버렸네

지금까지 40년
윗옷을 번듯하게 입은 적은
진정 없었네

세월에 잠긴 아이에게
—세월호 4주기에 광장에서

눈에 보이지 않는
너희가
꽃을 피게 하고
새순을 돋게 할 거야

불러도 대답 없는
너희가
아침이 오게 하고
저녁이 깃들게 할 거야

빈방의 주인인
너희가
시간을 가게 만들고
물건들을 낡게 할 거야

아이 때부터의 사진으로만 남은
너희가
역사를 흐르게 하고
문명을 만들 거야

바다를 벗어나
천공 무한 공간에서 자유로운

너희가

인간의 양심을 어루만지고

사람을 영원히 슬프게도 할 거야

촛불

10월의
달밤에

하늘에서
하느님이

촛불 한 자루
켜셨다

지구별의
촛불들을 보고서

하느님도
함께하시고 싶어

보름달을
반으로 갈라
촛불로 드셨다

쇠똥구리

TV 속의
쇠똥구리가 쇠똥을 굴린다

몸을 거꾸로 세운 채
뒷다리로
제 몸보다 몇 배나 큰 짐을 나른다

뒤로 밀어 가면서도
무겁지도 않은지
뒤뚱뒤뚱
마치 즐겁게 춤을 추는 것 같다

볼 때마다
활달하고 명랑하게
부지런하게 일하던 사람이
몸으로만 벌어먹고 살던 사람이

연락이 닿지 않는다
소식이 없다

돈벌이가 시원치 않다더니
이 땅에서

보기 힘들어진 쇠똥구리처럼
없어져버렸다

어딘가를 향해서 가고는 있는 것일까
뒤뚱거리고는 있을까
뒷걸음질로
무거운 등짐을 짊어진 채

괴물론

눈코귀가 육대륙만 하고 입이 오대양만큼 커서
무엇이든지 먹어치우는 거대한 짐승이
시대와 세계를 점령하고 있다

바다에서 땅에서
자본과 종교의 이름으로
민족과 계급을 앞세우고
무능과 부패로 무장한 정권을 통해
인간의 선혈을 빨아마시는 그는

몸을 움직일 때마다
예외 없이
비극과 고통을 지상에 배설한다

북태평양 서해에서는
아이들 수백 명이 한꺼번에 익사당하고
지중해에서는 아프리카인 수백 수천이 수장당하고 있다
10대의 학생이 인턴 노동 중에
압착기에 눌려 죽고
노동자들이 굴뚝 위에서 산다
교회는 세습을 하고
언론은 기득권층만을 위해서 복무한다

서아시아와 미얀마에서는
종교와 민족의 이름으로
집단 학살이 아무렇지도 않게 행해지고

괴물은 양심과 상식과
도덕이 없다

탐욕과 이기심을 극대화한 조직 안에
집단과 개인들을 가두고
세계에 대한 연민과 긍휼을 빼앗고
인류애를 저버리게 한다

자본의 등에 올라타
미치광이 짐승이 되어 질주한다
서슴없이 폭탄을 떨어뜨린다

육대륙만 한 눈코귀를 활짝 열고서
오대양만큼 한 입을 벌려
무엇인가를 계속 씹어 삼키면서
입가에 핏물을 뚝뚝 떨구면서

겨울비

겨울비가 내린다
남은 이파리가 다 젖는다

간밤 꿈엔 무슨 일을 겪었던가
어제는 무슨 일이 있었던가

겨울비 내리는 오후
흐린 거리에 서서
갑자기
길을 잃는다

꽃들이 지천으로 피어 있듯이
사람들이 대지를 채우고 있다
한 송이
한 송이 꽃밭을 이루듯
한 사람
한 사람이 세계를 만들고 있다

겨울비에 젖는
한 사람
한 사람 사이로
후두둑 후두둑

춥고 외롭다는 소리가 들린다

꽃도 춥고 외로울 것이다
외로운 것들이 모여 아름다움을 만든다
지난밤 꿈에는
남은 이파리 하나를 보았던가
어제는 다 버리고 홀로 아득히 떠나왔던가

외로움을 모른다고
누군가 억지를 부려도
세상은 여전히 아름답다

외로움이 없다면 아름다움도 없다
겨울비에 젖은 잎들이
돌연 반짝반짝 눈을 뜬다
길이 환해진다

밤길

내 몸 안에
숨어서
네 몸이 살고 있어

햇빛 아래서는
나설 수 없는 너와 함께

나란히 세상을 걷기 위해
늦은 밤길을 또 나선다

인적 끊긴 도림道林천은
꽂힌 복개도로와 지상철의 교각들과
한 몸이 되어
결코 헤어지지 못하고

하류의 안양安養천과 만날 때까지
흑흑 소리내며
바로 옆을 걷는 너는
아무런 말이 없고

침묵 속에서도 길은
밝았다가 어두워지기만을

되풀이하는데

내 말의 뒷전에서 웅얼거렸던 너의 말을
오늘도 바로 듣지 못하여
자꾸만 기도문 외듯
혼잣말을 되뇌는 내 몸이

내 어리석음에 붙어 있는 네 슬픔을 위로하고 싶어

내 울음에 뒤따라 울던
네 울음에 함께하느라
점점 숨이 차오르는데

훅훅 코를 스치는
길 위의 썩어가는 흙냄새

너머로 아뜩하게
내 시간과 한 몸이 되어
은하를 건너는 네 시간

안양천을 지나
급기야

누워 흐르는 네 몸을
등 뒤로 끌고 걷고 있는 내 몸이

가여워
너를 껴안고
하늘과 한 몸으로 어두워졌던 길이
다시 또 환해질 때까지 걷는다

하도리*에서

*하도리: 제주시 구좌읍 하도리. 제주도 북동쪽 바람 많은 마을.

한세상
바람과 살다
바람의 자식을 낳아 길렀다

목숨은 멈추지만
의지는 끝이 없어

뒤따라서
바람이라도 되어
이승에 머물지어니

돌담 안의
인적 끊긴 작은 집까지
덜컹덜컹
한밤중에도 살아 서성인다

누구를 기다리는 것이
덧없다는 것을 알고 있어도

오래전 비워진 방 안에서
아무도 찾을 수 없어
덜컹덜컹
오늘도 흐느낀다

찔레꽃

누이야
저기
별이 도망간다

잡은 손 놓지 않을게
별 따라 가지 마

주먹밥도
아직 식지 않았는데

밥 다 먹고
노랫소리 끝날 때까지 있어줘

하늘 어두워도
누이 향기 산에 들에 가득해
노래를 불러

누이 가고
몇 번의 5월이 왔는지 몰라

지금도 부르고 있어
멀리서 여기 바라만 보는

별빛 파리한데

조선민족무용단 춤에

북간도,
나라의 앞날은 내팽개치고
당파를 위해서만 권력을 휘두르는
정치꾼 소인배들을 피해 19세기 말
떠나갔던 사람들이 살아간 곳.
만주,
빼앗긴 나라의 독립을 위해
무장투쟁을 위해 20세기 초
의로운 독립군들이 찾아간 땅.
그 북방에서
고구려의 옛땅에서
그이들의 딸 손주들이
윤동주와 백석의 누이들이
아름다운 정령이 되어 날아와
그리운 서울에서 춤을 추었습니다.
우리 한민족의 몸짓으로 밝고
경쾌하고 신비롭게
한 무리 학처럼 군무를 추었습니다.
부디 민족이 하나의 공동체를 만들어
서로 싸우지 말고
화목하게 다정하게
서로 위하며 살아달라는

기원의 몸짓들로

보는 이 누구나 받아들일 수밖에 없었습니다.

우리가 우리를 사랑하지 않는데

누가 우리를 사랑하겠습니까?

우리는 우리를 끝까지 사랑하고

믿고 함께 가야 합니다.

어여쁘고 귀한 정령들이

온몸으로 부르짖고 외치는 소리

오늘도 사천리 백두대간에

쟁쟁합니다.

박몽구.

부드럽지만, 끝내 차가운 벽 넘어
—송백회, 광주를 지킨 여성들

한 사람의 낡은 의자를 지키기 위하여
날마다 똑같은 소리 되풀이하는 스피커
거짓일수록 더욱 크게 뽑은 활자로
멀쩡한 눈 속이고 귀를 막아
늘 비좁은 행간에 꼭꼭 숨은
진실을 보석이듯 캐내던 시절
청년들은 분연히 거짓의 책을 던졌다
일왕의 교육칙어 말꼬리를 슬쩍 바꾸어
앵무새만을 길러내라는 강의실 버린 채
교수들은 두렵지 않게 감옥행을 택했다
빈약한 인간의 몸으로는 견딜 수 없는
통닭구이, 고춧가루 물고문 끝에 던져진
햇볕 한 줌 들지 않는 1.7평 먹방
국회의원도 기자도 눈길 주지 않는 그곳에
송백회 누이와 어머니들은 총칼도 두렵지 않은 듯
부드럽고 따스한 손길을 내밀었다

그 차갑고 어두운 유폐의 공간에
굽힐 줄 모르지만 한없이 넉넉한 손으로
한 줄기 따스한 희망의 등을 켰다
한 땀 한 땀 눈물로 짠 양말
밤을 새워 바느질한 누비옷

죄 없는 수인들 한치도 떨지 않고
긴 겨울 거뜬히 이기게 해주었다
한 사람만을 위해 벼린 총검도
두렵지 않은 용기를 심어 주었다
양심을 버린 법정을 가득 채운
차갑고 무거운 공기
분연히 딛고 일어서게 만들었다

한쪽 창문마저 대못으로 꽁꽁 막아버린
어두운 감방과 밝은 세상을 이어주는 끈
뼈를 깨무는 외로움과 유혹을 견디게 해준
든든한 다리였다 밝은 세상 반드시 올 거라는
믿음 단단하게 심어준 사랑이었다

그 따스한 사랑의 믿음으로
죄 없는 수인들은 긴 어둠의 시간 견뎌냈고
마침내 한 사람을 위한 욕망의 성 허물고
삼천리에 깨끗한 새벽을 열었다

이제 다시는 이 땅이
이리의 이빨에 찢기지 않도록
한 사람의 끝없는 야욕 앞에

온 나라가 차갑고 어두운 나락으로

다시는 떨어지는 일 없도록

어머니들의 크고 따스한 사랑 기억하며

어두운 공장에 밝은 등 거는 날까지

농부들의 피땀이 제값 받는 날까지

지치지 않고 걸어갈 것이다

우리 곁의 외롭고 지친 사람들에게

우리가 받은 넉넉한 사랑 돌려주며

민초들이 아름다운 상처 마다않으며 이룩한

다 함께 덩달아 춤추는 대동 세상

큰 눈 뜨고 함께 지켜 나갈 것이다

송정리역

화순 탄광 캄캄한 어둠을 퍼온 걸까
서울로 가는 탄차에서 흘러내린 조개탄
동장군의 매서운 발톱을 녹이고도 남았다
그해 겨울바람을 이기기에는 힘이 부쳤을까
봉두난발 임방울 버려진 아들
시장통에서 떠돌다 복어 알을 삼켰지만
글썽이는 눈물 그대로 얼어붙은 주검
누구도 돌보지 않았다
그 아픈 기억 옛이야기라는 듯
지붕 위 잡풀 무성한 역사 헐린 자리에
에스컬레이터 핑핑 돌아가고
씽씽 달리는 KTX 서울길을 반으로 줄인 자리
낡은 시골읍 풍경은 말끔히 사라졌다
따스한 인정 오가던 역전 신신다방
삐걱거리는 계단 철거된 자리에는
번쩍거리는 신라 렌터카 회사 들어서고
가난한 여행자들 서울로 가기 전
언 몸을 녹이던 1003번지 여인숙촌
사라진 자리에는 하늘 찌르는 호텔이 들어섰다
세상은 죄다 비까번쩍 살기 좋게 변했다는데
어린 날 꿈을 굽던 극장은 사라지고
시장 구석구석 파릇하게 귀를 내밀던

구멍가게들 흔적도 없이 사라지고
외지인들 시선을 끄는 커피숍들만 날로 늘어간다
문득 여름같이 화끈거리게 달궈진 역사 벗어나
겨울바람 손때 매서운 시장통을 찾는다
여전히 삼대를 지키는 소머리 국밥집 문 밀고 들어가
뜨거운 국물로 섣달 추위를 녹인다
술술 뜨겁게 풀리는 속
살맛 나는 세상은 이런 것이라고 말해준다

과천, 생인손 파고드는

방배에서 강감찬 살지 않는 낙성대로
한 몫 노리고 택시미터기도 끈 채
경마장 가는 차들로 숨이 막히는
남태령 벗어나자마자 파란 하늘 훤히 트인다
검붉은 황사 걷히면서
산국, 사루비아 코끝을 감도는 향기에
잃었던 살 맛 다시 살아났다
과지초당 앞에 펼쳐진 수련이며 유채꽃 화원
생의 끝을 굽힘없이 보낸
추사 김정희의 마당 같았다

그러던 것이 어느 날 꽃나무 그득한 비닐하우스
캐터필러의 앙상한 이빨에 찢겨 나가면서
쑥쑥 아파트가 올라가기 시작했다
이제 과천도 금싸라기 땅값을 하는구나 박수를 쳤더니
키 큰 아파트들이 키를 겨루면서
파란 하늘을 한 뼘도 남기지 않고 가려 버렸다
남태령 가파른 고개에 걸려
멈칫거리던 검붉은 얼굴의 황사도
키 큰 아파트숲이 불러일으키는 회오리에 실려
과지초당 너머 과천 일대를 삼켜 버렸다
서울 부자들에게 진즉 땅은 빼앗기고

비닐하우스 빌려 꽃나무를 키우던 농부들
일터를 빼앗긴 채
갈 곳 잃은 꽃나무들만 패잔병처럼 버려졌다

인덕원 지나면서 벌써 숨이 막혀오는
과천 재개발 아파트숲을 본다
관악산에서 불어오는 맑은 공기를 마시고
매캐한 폐수 냄새를 뱉는

용산역 재개발지 앞에서

모처럼 곱게 아이라인을 그은 듯
5월의 하늘에 펼쳐진
능금빛 저녁놀이 철거지를 비추고 있다
이가 빠진 채 뒹구는 밥그릇,
철거민들의 쉰 목소리처럼
갈래갈래 찢어진 플래카드
사람 그림자 사라진 공터를 지키는 방범초소
눈물 번진 유리창들이 이렇게 반질거린 적은 없다
문득 터전을 빼앗긴 7명의 아까운 목숨이
화마 속으로 사라진 남일당 터를 본다
아직 땅거미를 물 때가 아니라는 듯
바닥에 박힌 사금파리들이
아쉬운 햇살을 모으고 있다
아이파크 백화점에서 쏟아지는 사람들과 등을 돌린 채
공터는 5월에 이슥해지도록 찬바람만 날리는데
문득 며칠 새 뚝딱 올라간
아파트 모델하우스에 데닥데닥 붙은
물방울 다이아빛 로고들이 큰소리를 치고 있다
푸르지오, 세상의 절정을 만나다!
천장 모르고 치솟은 분양가
가난한 세입자들의 손이 닿지 않도록
저녁놀을 바른 모델하우스의 천장

더 높이 올라가고 있다
군데군데 기운 양철 가림막에 가려
오갈 데 없는 철거민들의 울음일까
세상의 끝을 향하는 듯
분양 공고 플래카드들
미세먼지에 둘둘 휘말려
연방 뜻 모를 질긴 소리 외치고 있다

티벳 시노래꾼

일요일 아침 OBS 티뷔 티벳, 세계의 지붕 프로그램을 보다가 눈이 확 트이는 대목을 만났다. 히말라야가 바로 마당이어서 절반밖에 안 되는 희박한 산소를 마시고, 풀 한 포기 제대로 자라지 않는 사막에서 양 치는 청년 시노래꾼에게서 눈을 뗄 수가 없다. 숨쉬기조차 어려울 텐데 그는 이 척박한 땅에 사막보리 씨를 뿌리고 외적을 물리친 거싸왈 왕의 전설을 한순간도 머뭇거림 없이 두 시간씩이나 읊어댄다. 하늘 가까운 산에서 양떼를 모느라 한 군데도 성한 데라곤 없이 거칠어진 손, 까맣게 탄 얼굴 어디에도 시인은 안 보이는데 두 시간을 꼬박 히말라야 빙하가 흐르듯 시노래를 부른다. 그의 시를 들으며 사막보리는 알이 배고, 염소들은 혹한 속에서도 통통 젖을 불린다. 그의 까맣게 탄 입술은 때로는 사막유채꽃 미소처럼 부드러워졌다가 때로는 눈보라를 만난 깎아지른 바위처럼 카랑카랑해진다. 먼 사막을 여행하다 거싸왈 왕의 또 다른 행적을 들으면 시노래는 자꾸 늘어난단다. 눈이 맑아서 몇 십 리쯤은 거뜬히 본다는 티벳 청년의 시노래 무딘 가슴에 깊게 쟁기질을 해댄다. 그럴듯하게 말을 비비 꼬고 작은 말과 말 달콤하게 꿰고 별 하나 지는 걸 보며 마음을 베이는 게 시가 아니라고 귀띔해준다. 나만의 작은 울타리 넘어 온몸으로 얼음의 도가니를 덥히는 일이라고, 작은 사막보리 한 알도 이웃과 골고루 나누며 함께 살아가는 일이라고 티벳 청년 시노래꾼 부르튼 입술 부비며 내 흐린 눈 맑게 닦아준다. 첩첩한 벽 너머 활짝 트인 벌판이

비로소 보인다.

우키시마호, 항해는 끝나지 않았다

　가을비 축축하게 그어 내리는 오후 다큐 영화 우키시마호를 본다 일왕의 항복 방송과 함께 해방의 기쁨에 들떠서 아흐레 만에 부산행 수송선을 탔다가 8천 명이나 되는 조선인들이 폭침과 수장된 비극을 추적한 영화이다 74년이 지나도록 왜 귀국선이 부산항 아닌 교토 앞바다로 갔는지 왜 두 동강이 났는지 미궁에 빠져 있단다 수천의 고혼들이 잠들어 있는 수송선을 꺼내 육이오 때 대포로 만들어 팔면서도 유골 하나 수습하지 않았다는 대목에서 나도 모르게 눈시울이 팽팽해진다 등줄기에 지렁이가 기어가듯 새겨진 매운 채찍 맞아가며 군용 비행장을 닦고 무너지는 갱도 등으로 견디며 석탄을 캐고 군복을 지어온 식민지 사람들에게 고향으로 돌아갈 귀국선은 사치였던가 모른 체하는 전범의 후예들보다 겨레붙이의 억울한 죽음에 대해 쉬쉬하고 있는 우리 정부가 더 밉다 폭약을 가득 실은 군 수송선에 배급마저 끊겨 생계가 막막해진 식민지 출신들을 떠밀어 넣으면서 도화선이 달린 폭탄은 왜 내리지 않았을까 부드러운 미소 뒤에 칼을 숨긴 일본의 두 얼굴을 본다 열세 살에 귀국선 탔다가 어머니, 누이와 생이별한 채 이국의 바다 앞에서 오열하는 소년의 깊게 패인 주름에서 나고야 제일가는 우산공장을 꾸리다가 집도 절도 버리고 귀국선을 탄 할아버지의 빈손을 떠올린다 모든 것 버리고 온 사람들에게 따스한 손 내밀기는커녕 전쟁으로 내몰던 검은 음모는 여전한가 멀고 차가운 바다에 겨레붙이를 버려둔 채 햅쌀로 지은 저녁을 먹는 아침 문득 일

생을 문 밖에서 떠돌던 할아버지가 생각나 목에 걸린 밥알이 넘어가지 않는다 엔딩 크레딧이 다 올라가고 나서도 자리를 뜰 수 없다

피아노 계단

서울 인사동 약속 시간에 대어 가느라
안양역 전철 홈을 향해 가는 길
미끄러지듯 올라가는 에스컬레이터를 타려다
바로 옆 계단을 터벅터벅 오른다
에스컬레이터를 버린 몇몇 사람들이
한 계단씩 오를 때마다
피아노 소리가 경쾌하게 울리는 걸 보고서다
미세먼지 자욱한 안양 일번가를 헤치고 오느라
한껏 무거워진 발을 올려놓자
계단이 연방 도미솔 맑은 소리를 내는 것이
꼭 피아노 건반을 누르는 것 같다
108 계단을 다 올라가면
백 원의 마일리지도 쌓인다
계단을 다 올라가 2층 역에 서니
계단 아래에서 스타킹과 껌 따위를 놓고 파는 노점상
출근길 서두르자 허기진 사람들에게
요구르트를 파는 아주머니 여윈 뒷머리도 보인다
세상은 손 하나 까딱하지 않아도
승강장까지 데려다주는 에스컬레이터가 아니라
온몸으로 빈약한 건물을 받치고 서 있는
철근 기둥의 녹슨 어깨
겨울 추위를 연방 언 손 부비며 녹이는

노점상들의 굽은 어깨를 딛고 일어서고 있는 게
비로소 한눈에 들어온다
고단한 다리를 딛고 올라서자
젖산을 덜어내 술술 풀어주는 피아노 계단
올 연말이면 마일리지도 제법 쌓여
누군가 뜨끈한 국밥 한 그릇으로
차가운 겨울밤을 녹이리라
무거운 발 풀며 올라가면
가려진 세상 한 켠이 커튼을 밀어 올리는 것 같아
편하게 미끄러져 올라가는 에스컬레이터
옆에 두고도 무거운 무릎 만지며
안양역 피아노 계단을 천천히 오른다

한밤의 다이얼

쌉쓸한 돼지감자 차 한잔 끓여 놓고
옛날 장전축에 쓰이던
낡은 진공관을 떼어내 만든 앰프를 켠다
바순으로 연주한 슈베르트의 바순 협주곡을 기다리지만
관이 달궈지기까지 한참을 기다려야 한다
득음을 위해서는 아무리 명창이라도
폭포와 몇 시간을 씨름해야 한다던가
늙은 진공관이 제 소리를 내기까지는
적어도 한 시간은 기다려야 한다
그래야 쇠가 달궈지면서
부속들 사이에 상생이 이루어져
쇳소리 저 안에 숨겨져 있던 소리들이
슈베르트의 목소리를 곁에서 듣듯
결 고운 음악을 들을 수 있다
그동안 돼지감자도 몸이 풀려
넘치는 당을 꼼짝 못하게 다스려줄
연붉은 찻물을 제 살을 녹여 내준다
날카로운 송곳이 아니라도
베른하르트 군터의 바순 연주는
듣는 사람의 가슴 깊은 곳
칼끝이 닿지 않는 데까지 파고 든다
그 비싼 수입산 원두로 끓인 커피나

독한 약이 아닌
돼지가 먹으라고 산에 지천으로 열린 돼지감자가
끈적끈적하게 굳어가는 피를 맑히는 동안
낡은 진공관으로 슈베르트를 듣는다
브레이크를 천천히 밟으며 속도를 늦춘다

윤재철.

모딜리아니의 꽃

무너져가는
낡은 지층 위에
노을빛 능소화 피었다

잘려진 고욤나무 둥치를 감싸 안고
더러는 가지 늘어뜨린 채
청동의 짙푸른 잎 사이

한 세기 전
모딜리아니의 나부 같은
노을빛 능소화 피었다

겨울 능소화

곧바로 걸어온다고 했는데
이리 돌고 저리 돌아
막다른 골목길
낡은 연립주택 기울어진 담벼락에 기대어
겨울 능소화

푸른 잎사귀 다 떨구고
붉은 꽃송이 다 떨구고
몸속의 색깔마저 다 지우고
제가 감싸 올랐던
썩은 나무둥치 시커멓게 드러낸 채

더 이상 오를 수 없는 하늘
잿빛 적막 속으로
하얗게 마른 가지 뻗치고 있다

자반고등어

마트 냉장 진열대
머리는 잘린 채 말끔히 손질되어
투명한 비닐에 갇힌
자반고등어
아직도 등은 푸른데

슬프지 않은 내가
슬픈 나를 바라본다
오래 전에 떠난 내가
아직 떠나지 않은 나를
물끄러미 서서 바라본다

그러나 끝내 손 내밀지 않고
다시 카트를 밀며
이명처럼 푸른 숲 넘어
워워워워 워워워워
벙어리뻐꾸기 울음소리 듣는다

퇴직 후

내가 외로운 것은
단지 혼자 있어서가 아니라
메마른 손바닥
헐거워진 손
잃어버린 하루의 노동 때문

아침이면 밖에 나가 일하다가
저녁이면 돌아와 식구들 함께 둘러앉는
일상의 노동과 식탁
이제 노동은 잃어버리고
한쪽으로 기울어진 나의 식탁

밤이면 하루 종일 비워 두었던
집으로 돌아오는 사람들
옆집에선 강아지 짖는 소리 들리고
골목길 어디선가는
아직도 뛰노는 아이들 소리

쪼쪼쪼 강아지풀

낡은 신호등 강철 기둥
밑바닥
볼트로 조여 맨 사각의 콘크리트와
보도블록 사이
흙도 보이지 않는
그 좁은 틈에 솟아난 강아지풀

그래도 제법 통통한 이삭
꼬리처럼 흔들며
눈을 맞춘다
그래 쪼쪼쪼 쪼쪼쪼
강아지 이름 부르면
금세라도 몸을 빼쳐 따라올 듯

돌아보면 모두 떠난 것은 아니어서
더러는 돌아와
어제의 추억을 펼쳐 보이지만
틈이 너무 좁아
그 틈에 발 아프도록 박혀 서서
강아지풀 떠나고 싶다

랜드로버 위의 달

키 큰 미루나무가 없어
달이 쓸쓸하다
하얗게 빛나는 냇물이 없어
그 냇물 위에 징검다리 없어
달이 쓸쓸하다

바스라질 듯 낡은 함석지붕
흙벽에 내걸린 시래기 없어
황토흙 마당 한 구석
조약돌 깔린 장독대
빛나는 둥근 항아리 없어

달이 쓸쓸하다
랜드로버 자동차 전시장 옥상 위로
별도 없이
구름도 없이
저 혼자 떠오른 달은

들판 건너 불빛은 아름다웠다

깜박이는 듯
아마 바람이었을 것이다
깜박 깜박
물 먹은 듯 까만
들판 건너 불빛은 아름다웠다

장모를 화장해서
소나무 밑에 묻고 돌아온 저녁
빈집 쇠문을 밀고 들어서면
담벼락 밑 화단 눈밭에
아직도 붉은 장미 노란 국화꽃
사람을 반기는데

장모는 어디 갔나
이 꽃들 두고 어디 갔나
마을회관에 잠깐 마슬 갔을까
아니면 뒷잔등
앞서 보낸 막내 무덤에나 갔을까
다 저녁때 집 놔두고 어디 갔을까

깜박이는 듯
아마 바람이었을 것이다

물 먹은 듯 까만 들판 건너

아름다웠던 불빛은

아마 바람이었을 것이다

느티나무께

내린천과 소양강이 합하는 인제읍 합강리에는
마을 한가운데 500살 넘은 느티나무 있어
느티나무께로 부르는 마을
한자로 바꾸었으면 괴정동이나 괴목동이 되었을 텐데
그냥 우리말 느티나무께로 남아 있다

째이지 않게 가까운 범위를 나타내는 말
'-께'가 붙어 넉넉한 느티나무께
낮에는 마을 사람들 그 넓은 나무 그늘에 앉아
땀을 들이는 쉼터이다가
별이 쏟아지는 밤이면
그 나무 언저리 어디
동네 처녀 총각 어깨 맞대고
소곤거리던 곳

둘러보면 '-께'가 붙은 땅이름 많아
봉춘네집께 너른마당께
당나무께 독다리께 큰어더(언덕)께
두부공장께 도수장께
지도에도 나오지 않고
면사무소 지적에도 오르지 않은
암호 같이 작은 땅이름으로 남아 있다

이영진.

정치적 패턴

전철을 타고 출근하는 것이 내 삶의 패턴이다. 형광색으로 빛나는 넥타이와 쓰리 버튼의 양복 한 벌. 그리고 캐주얼한 랜 드로바 구두 한 축. 나는 너의 패션이고 너는 나의 패션이다. 달리는 한 량의 괄호 속에 묶인 우리는 얼마나 가까운 거리에 있는가. 그러나 이 불특정 다수와의 다자간多者間 관계는 아무 런 접점이 없다. 접점이 없이도 한 운명이 되어버리는 지하에 서 서로 다른 정치적 견해와 아무 상관없이도 우리는 쉽사리 합습에 도달하고. 승리도 패배도 하나로 통합되어버린 전철 속 에서 너와 나는 모두 똑같은 정책 위를 달린다. 아침마다 읽어 내리는 조간신문이 내가 세상과 맺는 총체적인 관계의 거울이 라면 나는 내 부음이 실릴 때까지 이 거울 속의 저주로부터 자 유로울 수는 없다.

끝없는 반복을 견디는 과정은 사실 대중적이지만 누구에게 나 출근길은 특별한 것. 자리를 차지하고 앉은 내 의지와 내 정 당성은 왜 그리 빠르게 낡아 가는지 나는 나를 감당할 수 없다. 감당할 수 없는 무게를 감당하는 것은 의지도 이성도 아니다. 희망과 꿈 때문도 아니다. 전철은 종점에서 종점으로 순환하므 로 우리의 지향성은 언제나 종점을 향해 열려 있을 뿐. 빛나던 광휘의 순간은 어디로 사라졌는가. 독립문역 – 경복궁역 – 안 국역. 나는 시작도 끝도 없는 패턴 속을 가고 있다. 앞과 뒤가 서로 되먹여치고 되먹여치는 순간순간을 지나쳐 나는 여기까지 왔다. 주택복권을 빈 지갑에 수표처럼 소중하게 간직한 채 희망 대신 긴 기다림을 선택한 자의 부도난 어음에 실려 나는 달려가고 있다. 한강을 찾아가기엔 내 부도는 너무도 작은 위험이다.

아파트 사이로 수평선을 본다

네 등뒤에 서서 너를 배웅하는 일은 언제나 눈물겨워 좋다. 이럴 땐 등까지 차오르는 내 이유 없는 슬픔에도 온기가 배인다. 눈시울 가득 차오르는 눈물 너머로 너를 바라다보면 멀어지는 네 어깨의 수평선은 보폭을 따라 출렁이고 너는 멀어지는 만큼 내 안으로 걸어 들어와 불을 켠다. 모퉁이를 돌아 네가 사라진 뒤에도 나는 쉽사리 돌아서지 못하고 문득 눈을 들어 하늘을 보면 아파트 사이마다 높게 걸려 빛나는 수많은 수평선들이 보인다.

빈 나뭇가지 사이로 중앙선 열차가 지나갔다

 눈 쌓인 고요한 겨울 강가에 서면 눈이 부시다. 눈밭엔 그림자가 없다. 물기가 사라진 겨울산들은 입체감이 없고 강 건너 먼 마을이 사라질 듯 아슬하다. 가만히 귀를 열어놓고 마음을 내려놓는다. 누가 나를 부르는 것인지. 설레임도 없이 먼뎃 것들이 그리워져 등뒤를 돌아보면 강변의 찬 돌들이 제 안에 물소리를 감춘 채 침묵에 빠져 있다. 얼음장 밑에서 투명한 피라미 몇 마리가 어른거린다. 잊혀졌던 상처 하나가 기척도 없이 나를 흔들고 지나갔다.

 소주병과 라면 봉지가 언 수면 위에 결박당해 있다. 흘러가지 못하는 취기의 흔적 너머로 까치 둥지 하나를 올려놓은 빈 나뭇가지가 훤하다. 이곳에선 근경과 원경이 서로의 시야를 방해하지 않는다. 눈이 녹아가는 강둑을 걷다가 마른 풀섶에 라이터로 불을 붙였다. 불이 번져가는 강둑을 달리며 얼마나 목이 말랐던가. 온몸이 익어 더운 땀이 흐르던 날, 왜 어둠은 그리도 싱싱하던지 깨진 무릎의 상처조차 아픈 줄 몰랐다.

 썩지도 못한 채 말라가는 것들의 긴 목마름이여, 친근한 죽음, 눈밭에선 빛이 반사된다. 강가에 무겁게 그림자를 드리운 솔숲은 결코 수정되지 않는다. 잎 진 미루나무 사이로 중앙선 열차가 지나간 뒤에도 강가의 찬 돌들은 여전히 적막하고 겨울 신내천변엔 오가는 사람도 인가도 보이지 않았다.

160

연꽃

    소나기가 그쳤다. 헛간 처마 끝으로 구름이 느리게 지나간다. 모든 것이 제자리를 걷고 있는데 세계는 자꾸 앞으로 밀려나아간다. 일시에 정지되는 것들이여, 나와 대지와 집들, 나는 벼와 잡풀을 베던 낫을 가만히 내려놓는다. 무성히 자라오르고 또한 베어 넘어지는 것들, 노동이 멈추어지면 위험도 사라지는가. 도라지꽃이 핀 장독대 곁을 지나 들녘으로 나서면 젖은 앞산에서 송진내음이 건너오고 구름은 여전히 정지된 세계 위를 느리게 지나갈 뿐. 세상 밖의 일처럼. 너무 가까이에 모든 것이 다가와 서 있다. 여름 허기진 오후, 문득 방죽 가득 연꽃이 피고, 언제 지나왔을까. 전생의 어느 한때 같은 방죽가를 지나 나는 다시 산속을 향해 걷는다.

풀들은 늙지 않는다
—취기醉氣

흘러갔을까. 서리 내리던 밤 집 앞 개울가 찬물을 건너 무시로 눈앞을 가로막던 산을 넘어왔지. 산꿩이 놀라 울던 그 어둔 솔밭을 넘어왔어 빈 주머니 속에서 진땀이 배어나던 어린 손주먹. 세상을 움켜쥐어야 할 손 안은 비어 있었어. 어둠속에서도 끝내 멈출 수 없던 바람 같은 길. 등을 떠밀던 것은 어떤 취기였을까. 떠나오는 등뒤 어둠속으로 거꾸로 걸어 들어가던 목 붉은 사내들이여, 그대들의 무거운 발자국 소리 한시도 떠나지 않고 고개를 돌려보면 아, 아득해지던 마을의 불빛. 종갓집 대추나무에 걸려 있던 지등紙燈은 지금까지 바람에 흔들리고 있을까. 어린 눈빛들이 까맣게 여물어가는 동안, 우리를 키우던 집 앞 개울은 풍성했어. 버들치, 피리, 빠가사리, 메기, 물을 거슬러 올라오던 은어떼들, 물풀 속에 꼬리를 숨기던 각시붕어, 물 속에 손끝을 적신 채 늘어진 키 작은 푼지넝쿨, 그 낮은 허공을 가만가만 밟고 가던 검은 비단잠자리. 손에 가득 와 만져지던 물 같은 세계, 어느 언덕에 등을 기대도 따뜻했고 끝이 없었어. 아아, 길 떠난 숱한 시간만큼 되돌아갈 길은 아득해 산은 멀고, 물소리 들리지 않아. 타오르는 불을 따라 한없이 걷고 또 걸어도 끝없는 취기에 몸을 맡겨도 입은 열리지 않고 추위에 언 몸이 녹을 줄은 모른다.

고가도로 밑의 비둘기에 대한 몇 개의 단상

1

날개 속이 돌멩이처럼 꽉 막혀 있다. 깃털 속을 흐르는 피까지 '살아 있는 화석'보다 무겁다. 사람들이 지상 10m쯤의 허공에 그어놓은 밑줄—고가도로—새들은 허공에 매달린 사람들의 길 위로 날아오르지 않는다. 허공에 던져진 돌멩이처럼 다시 지상으로 낙하하는 날개들이여. 아 지상 위의 식량. 찌꺼기들이여. 날개를 기르는 것들은 무엇인가.

2

날개 위에 햇살을 가득 싣고 허공에 빛나는 자취를 남기던 너의 비행은 이제 평화가 아니다. 낮 12시 어김없는 점심시간 흰 와이셔츠에 넥타이를 맨 수많은 사내들이 마주한 비좁은 식당, 팔리는 음식과 음식을 사먹는 사내들의 가죽지갑—비좁고 살이 쪄서 외로울 시간이 없어요—서대문 고가도로 밑. 화양극장 앞 보도블록 위에 서면 언제라도 볼 수 있다. 검게 그을린 시멘트 기둥 사이로 날아오르는 비둘기들의 비만한 날갯짓과 새들의 날개 위를 달리는 non stop의 자동차 바퀴들을.

3

정동교회의 첨탑 너머로 까마득히 비상하던 날의 고요한 외
로움이여. 치안본부의 무선 송신탑 그 형태조차 없던 고압의
전파막도 두렵지 않았지. '진정한 싸움 없이 화해'하고 말았
어. 날이 갈수록 깃털 사이에 기름기가 차오르고 이제 날개 달
린 것들의 굴욕은 습성이 되려는 것일까. 아득하게 다가오는
사무실 밖의 풍경은 무섭기만 해. 넥타이끈을 조이며 매일매일
스스로의 멱살을 낚아채는 손들이여. 피할 수 없어. 한 올의 은
빛 깃털조차 지상을 향해 떨어뜨리지 않는 그대 말쑥한 출근길
새들의 발자국은 어디에도 남지 않는다.

4

고가도로 밑 어둡고도 안전한 새들의 거처. 그 낮은 허공에
매어달린 혼미한 세기의 신호등이여. 무서운 속도로 각기 다른
방향을 달려와 서대문 로터리에 다다른 의지들이여. 아직도 좌
회전 혹은 우회전의 깜박이를 켠 채 끝없는 정체 속에 머물러
있을 뿐 그대들의 발밑으로 지하철 공사는 계속되고—설마 바
벨탑은 아닐 거야, 지옥까지는 아직도 멀어—외장이 안 된 철
구조물들이 가파르게 치솟고 있다. 새들의 날개보다 더 높은

곳에서 타워 크레인들이 기획하는 것은 무엇인가. 지상 수십
미터의 높이에서 내려다보는 로터리의 중심은 은전처럼 하얗
게 비어 있다.

5

모든 것이 정지된 로터리의 중심, 어깨가 여윈 사내 하나 포
장마차를 끌고 태연하게 신호등 밑을 가로지른다. 미친 듯 달
려올 속도쯤은 아랑곳하지 않아. 전경들의 호루라기 소리도 상
관없지. 모두에게 길들여진 질서를 거스르는 사내의 보행이여,
네가 전시하는 빈천의 뻔뻔스러움과 무산계급적 협박, 그대의
생계는 새들의 날개보다도 더 자유로운 것인가, 어디선가 트
럼펫 소리 요란한 팝송이 울려퍼지고 소란스럽게 날개를 퍼득
이는 것들은 먹이를 든 사람들의 손바닥 중심으로 더욱 가까이
다가들 뿐 성대가 퇴화된 새들은 더 이상 울지 않는다.

6

누구도 둥지 속의 따뜻한 알을 보지 못했다. 껍질 속에 가득
한 신생의 핏물이여, 아무도 태어나 스스로 지옥이 되는 일은

원치 않아. 푸른 산맥을 넘어 바람 속으로 날아오르던 야성의
기억. 마침내 끝나는 것은 없어. 시간이 끝나지 않는 한 불꽃
또한 꺼지지 않아. 온 깃털을 태울 불은.

호남고속도로

창 밖으로 낮은 산山들이 흘러간다.
기억 저 너머에서 저녁 연기 가느다랗게
피어 오르고 잿빛으로 삭은 초가 지붕 창가에
불 한 송이 떠오른다.

몸 밖으로 흘러간 것은
무심한 시간뿐일까?
우리는 어느덧 속도 밖의 풍경을 헤아릴 길이
없고 그저 다른 얼굴로 서로를 스쳐 지나간다.

아파트가 치솟은 분당을 지나
기흥 인터체인지를 지나
갈수록 길은 빨라지고 남행은 계속된다.

아 고혈압의 지수를 따라 상승하는 계기판.

속도가 속도에서 뛰쳐나와
무제한의 어둠을 향해 달려나가는
세기의 어느 한 때

풍경은 그 자리에 멈춰 서 움직이지 않는다.

풍경은 이미 소진되어버렸다.
투명하게 결정結晶된 세계여
더 이상 움직일 수 없는 세계의 깊은 곳으로
달려가는 그림자들은 더 이상 진화되지 않는다.

사남터널을 빠져 나오면 또 하나의 세계가 펼쳐지고
들녘에는 아직도 살아 피 흘리는 향기가 고운데
저 아득한 높이에서 우리를 마중하는 무등산無等山이여
그대 눈빛 또한 뜨거워 가슴에 습기가 고여온다.

이미 완성된 이정표일까.
발길을 막아서는 장성 톨게이트 앞에서
통행료 후불 카드를 내어밀며
주머니 속의 잔고를 계산하는 손들이여.

우리는 누구도 아주 광주에 도달하지 않았다.
우리는 누구도 역사 이후의 지점에 도달해본 적이 없다.

지방검찰청 창가에 내려진 블라인드 사이로

나는 칼로 귤을 자르다 소환장을 받았다. 아무리

종횡으로 잘라도 똑같은 조직이 반복되는 세계.

나를 부른 것은 무엇인가. 효율인가 필요인가 아니면 법률적

절차인가.

516호 검사실, 블라인드가 정연하게 창을 가리운 이곳에 들

어서는 순간

나는 그 무엇도 아니다.

이곳을 거쳐간 재벌도 은행장도 국회 의원도

이곳에선 그저 대답하는 자일 뿐.

모든 생이 죽음을 향해 가는 것이 아니라

질문 속으로 가서 묻힌다.

저울의 왼쪽과 오른쪽,

죄의 무게와 벌의 무게는 죽음만큼 평등하지 않다.

질문은 권력에서 나와 스스로 체계를 이루었다!

스스로 커다란 질문 덩어리가 되어버린 성자聖者들.

그들은 언제나 비가 쏟아지는 세상 밖에 서 있다. 잘린 귤의

파편 밖에!

질문을 받는 자는 질문을 하는

자의 권력 안에 있다.

검사실 블라인드 사이로 새어드는 오후의 겨울 햇살, 질문은

계속된다.

살찐 여직원은 복사기와 전화 사이를 그림자처럼 오간다.
그녀의 걸음걸이는 공무公務다.
수사관의 컴퓨터 자판기 건너편 철제 의자에 앉은
나의 진술은 공공의 영역에 고스란히 저장되고 있다.

검찰청 입구, 변호사 합동 법률 사무실 앞에서
광을 내고 닦은 구두만 반짝일 뿐
나는 어느덧 사라지고 검은 오바와 체크 무늬 모직 머플러만
남은 채
나는 하나의 체계 속에 갇혀 있다.

수사관의 예리한 흰 와이셔츠 깃과 곤색 넥타이의 균형 잡힌
맵시가
순식간에 내 감정의 흔들림을 지워버린다.
불안은 어디로 사라졌는가.

모든 것을 흡수하는 이 건조한 체계 앞에서
나의 확정된 법률적 지위는 어떤 자유를 누릴 수 있는 것인
가.
묻는 자와 대답을 하는 자는 모두 어디에서 왔는가.

블라인드 처진 창 사이로 내다보이는 숲속, 숲은 누구의 체

계였더라?

　푸른 솔밭 위로 소리 없이 까치가 내려앉는다.

　엄지손가락에 붉은 인주를 묻혀 지장을 찍는 동안

　시들어버린 잡목숲으로 늙은 등산객 하나 걸어 들어가고

　나는 어디로 돌아가야 하는지. 주민등록상의 번지가 생각나
지 않는다.

최
두
석
。

새를 본다

가까이할 수도 어루만질 수도 없는
새를 본다는 것은
새와의 거리를 확인하는 것

새를 쫓아다니는 게 아니라
새의 습성과 영역을 알아
길목에서 미리 기다리는 것

멀리 날아간 새를 아쉬워하고
가까이 다가온 새의 노래에
가슴이 두근거리는 것

새가 경계하지 않고
마음껏 춤추고 짝짓기 하게
인기척을 죽이는 것

새를 본다는 것은
종마다 서로 다른 부리를 확인하는 것
그 부리로 무얼 먹나 궁금해 하는 것

먹어야 사는 생명이
팔 대신 날개를 달고서

얼마나 더 자유로울 수 있나 살펴보는 것.

곤줄박이

따다다다닥 따다다다닥
곤줄박이의 열매 쪼는 소리가
목탁소리처럼 숲을 울리고 있다
껍질이 단단하고 매끈한 때죽나무 열매를
V자로 갈라진 나무 줄기 사이에 두고
두 발로 모두어 쥔 채
부리로 연신 쪼아대고 있다
곤줄박이의 짧고 뭉툭한 부리는
때죽나무 열매를 쪼려고 생겨난 듯하다

좋아하는 때죽나무 열매를 받들 듯이 쥐고
금이 가는 껍질 틈새를
부리로 세차게 내리찍으면서도
고개를 좌우로 깊게 젖히면서
계속해서 주위를 살핀다
작고 약한 곤줄박이가 천적을 피하는
습관이 된 몸짓이 안쓰럽다.

공릉천 멧비둘기

서릿발 쪼는 놈을 본 적이 있다
살얼음 차고 날아오르는 놈을 본 적도 있다

공릉천에서 보는 멧비둘기는
잽싸고 날렵하기가
도시의 공원에서 뒤뚱대는 놈들과는 사뭇 다르다
날갯짓마다 가볍게
힘이 맺힌 듯한 느낌이라고나 할까

나는 이런 느낌의 이유를
가까운 장명산에서 찾은 적이 있다
공릉천을 굽어보는
수리부엉이가 자주 머무는 소나무 아래에는
멧비둘기의 깃털이 흩어져 있었고
수리부엉이의 펠릿에는
멧비둘기의 뼈가 뭉쳐져 있었다

밤이면 소리없이 다가오는 죽음
죽음이 늘
멧비둘기들의 삶을 단련하고 있다.

뿔논병아리

버드나무 새잎 내미는 봄날
북한강가에서 멋진 공연을 본다
탱고의 선율을 타는 듯한
뿔논병아리의 춤

쫑긋하게 머리깃을 세운 암수 한 쌍이
경쾌하게 고개를 까닥거리며
목을 맞대기도 하고 부리를 맞대기도 하면서
물위에서 미끄러지듯 추는 춤

유혹과 매혹이 교차하는 몸짓을 보며
탱고의 연원을 생각하는 사이
춤을 마친 뿔논병아리 한 쌍은
재빨리 물가 수초들 사이로 들어간다

암컷은 얕은 물에 엎드리고
수컷은 물방울 튀기며 등뒤에 올라탄다
그냥 짝짓기라고 덤덤하게 말할 수 없는
희열의 표정으로 사랑 행위에 몰입한다

어느새 뿔논병아리의 사랑을 훔쳐보게 된 나는
섹스에 몰입하는 수컷의 등에

자꾸만 눈이 간다

숙연하고도 처연한 느낌에 사로잡힌 채.

알락꼬리마도요

긴 다리로 겅중겅중 걷다가
길게 굽은 부리로 게 구멍을 찌르는
마도요의 창자는
다리나 부리보다 얼마나 더 길까

숨기운이 부리를 통과하며 울리는
수정 구슬 굴리는 듯 영롱한
마도요의 노랫소리는
과연 어떤 악기로 흉내 낼 수 있을까

봄이면 서해 갯벌을 거쳐
시베리아까지 가서 새끼를 기르고
가을이면 다시 서해 갯벌을 거쳐
호주까지 날아가는 알락꼬리마도요

마도요로 하여금 해마다 머나먼
여행을 떠나게 하는 힘은 무엇일까
마도요의 부리를 갯벌에 맞추어
길게 굽힌 숨은 힘은 무엇일까

그 힘이 전능하신 신의 것이라면
거대한 제방으로 가로막아

갯벌을 마구 없애는 사람들은
마도요에게 얼마나 가혹한 신일까.

기러기 울음소리

평양에서 남북 국가대표가 맞붙은
월드컵 축구 예선 경기가 관중도 없이
중계도 없이 치러진 소식 들은 날
휴전선 쇠울타리 넘어
한강을 건너 날아오는 기러기떼 본다

조명을 한몸에 받는 축구선수 손흥민의
다치지 않고 돌아와 다행이라는
소감이 뉴스를 장식한 날
멀리 개성 천마산이 보이는 김포의 끝자락에서
기러기떼 자욱한 울음소리 듣는다

영어에서는 늘 노래한다고 하는데
우리는 왜 맨날 운다고 하나
불만이 많았던 나도
오늘은 그냥 울음소리로 듣는다
새삼 이루어내기 힘든 소망을 생각하며

뚜루루루 끼룩 끼룩
봄이면 새잎 돋는 북으로 날아가고
가을이면 곡식 여무는 남으로 내려오는
수백 수천의 기러기 울음소리를

평화와 상생의 합창소리로 들을 날 언제인가?

장릉 원앙

김포 장릉에는 원앙이 산다
오래된 숲과 못이 있어야 사는 원앙
수컷의 번식깃이 휘황하게 화사한 원앙
원앙의 노는 모습 보러 나는 간혹
장릉 숲속 못가에 앉아 있곤 한다

쿠데타로 왕위에 오른 인조
그가 이미 죽은 아버지와 어머니를
왕과 왕비로 만들어 모신 무덤이 장릉이지만
원앙에겐 그저 도토리가 많은 숲과
아늑한 못이 좋은 것이다

수시로 김포공항을 오가는 비행기가
굉음을 내며 지나가도 모른척하고
원앙은 나뭇가지에 앉아 쉬다가
못에 내려 유유히 헤엄치다가 자맥질하고
수면에 몸을 세워 힘껏 날개를 털기도 한다

"참 다정한 원앙 한 쌍이야"
"실제로 원앙은 천하의 바람둥이래"
지나는 사람들이 던지는 말을 귓등으로 흘리며
나무에 앉고 못에서 헤엄치고 하늘을 나는

원앙의 자유로운 몸짓을 눈여겨 본다

원앙침을 베고 잔 추억이 있는 자로서
짝을 지어 미끄러지듯 유영하다가
다정히 부리를 맞대는 모습을 본다
대책없이 명나라를 받들다가
호란을 부른 인조와 그의 신하들을 생각하며.

쥐 이야기

누렁이가 마당 구석을 쉴새없이 발로 파내며 낑낑대던 날이 있었다. 아버지는 삽질로 도왔고 털도 안 난 쥐새끼 여남은 마리가 햇볕 속으로 끌려나왔다. 누렁이는 쥐잡기 선수였고 쥐꼬리는 삽날로 잘라 학교에 숙제로 내었다. 어느 날 누렁이가 미친 듯이 울부짖으며 마당을 맴돌았다. 쥐약 먹은 쥐를 먹은 거라 했다. 이후에도 두어 번 쥐약 먹은 쥐를 먹고 개가 죽었고 그 뒤에는 집안에 강아지를 들이지 않았다.

신혼시절 쥐들이 출몰하는 셋방에서 산 적이 있다. 밤중에 쥐가 나오기도 하였고 쥐덫에 걸린 쥐를 치우는 게 일과가 되었다. 갑자기 불을 켜서 구석에 몰린 쥐를 쫓는 건 당연히 가장인 나의 몫이었다. 유아원에 다니던 딸은 선생님께 아빠는 '쥐 잡는 사람'이라고 하였다 한다.

달걀을 훔쳐 먹는 쥐 이야기를 들은 적이 있다. 엄마 쥐가 네 발로 달걀을 안고 누우면 아빠 쥐가 꼬리를 물고 집으로 끌고 간다는 것이다. 슬그머니 달걀로 다가가 이빨로 구멍을 내서 빨아먹는 거 아니냐 했더니 아마도 새끼들 있는 곳으로 먹이를 나르는 모양이라고 했다. 닭을 그리기 위해 닭을 기른 그의 말을 나는 고스란히 믿기로 했다.

검은어깨매가 쥐를 사냥해서 뜯어먹는 걸 본 적이 있다. 한

강 하구의 철책, 전깃줄에 앉아 털가죽을 부리로 찢어 먹는데 쥐꼬리가 위아래로 심하게 흔들거렸다. 매는 두 발로 먹이를 움켜쥔 채 살점 하나 흘리지 않고 말끔히 먹어치웠다. 쥐의 짧은 생을 지탱했던 쥐꼬리는 먹을 수 없어 버렸다.

강형철

1955년 전북 군산에서 태어났다. 군산상고를 졸업하고 1973년 기업은행 행원이 되었다. 이후 국제대(현 서경대) 영문과에 다니다가 시에 매혹되어 1976년 은행을 사직하고 숭실대 철학과에 편입학하여 졸업했다. 이후 다시 국문과 대학원을 졸업한 뒤 여러 대학 강사를 거쳐 숭의여대에서 교수로 일하고 있다.

1985년 『민중시』 제2집에 작품을 발표하며 등단했다. 이후 '5월시' 동인들을 만나 본격적인 시 공부를 했고, 1986년 '5월시' 동인에 참여하기로 하여 제6집 『그리움이 끝나면 다시 길 떠날 수 있을까』(1994) 간행 때 동참했다. 민족문학작가회의 사무국장, 상임이사 등을 거쳐 한국문화예술진흥원 사무총장을 역임했고, 한국문화예술위원회로 조직을 개편하는 데 일조하고 학교로 복직하여 정년을 앞두고 있다. 현재 신동엽기념사업회 이사장을 맡고 있다.

시집 『해망동 일기』, 『야트막한 사랑』, 『도선장 불빛 아래 서 있다』, 『환생』을 냈고, 고산문학상, 아름다운작가상을 수상했다.

고광헌

1955년 전북 정읍에서 태어났다. 1969년 교육부가 주관한 스포츠 장학생으로 선발돼 서울 홍익사대부고 입학과 함께 농구선수 생활을 시작했다. 경희대에 특별장학생으로 입학한 뒤 결핵을 앓아 3학년 때 선수를 그만뒀다. 장학금이 끊기고 진로가 막힌 상황에서 당시 국문과에 재직 중이던 황순원 교수를 찾아가 간신히 문장론을 수강하게 되면서 문학과 만나게 됐다.

1984년 시 무크지 『시인詩人』과 『광주일보』 신춘문예에 「흔들리는 창밖의 연가」 등이 뽑혀 문단에 나왔다. 이듬해인 1985년 '5월시' 동인시집 『5월』에 「신중산층교실에서」 등을 발표하면서 동인에 합류했다. 같은 해에 김진경, 윤재철 동인과 함께 교육평론집 『민중교육』 편집에 참여해 선일여고에서 파면된 뒤 학교로 돌아가지 못했다. 선일여고 시절은 가장 창조적이고 상상력 넘치는 순간들이 함께한 시간이었다.

1988년 『한겨레』의 창간기자로 입사해 여러 보직을 거쳐 2011년 대표이사를 끝으로 퇴직했다. 한국인권재단 이사장과 한림대 초빙교수 등을 거쳐 지금은 『서울신문』 사장으로 근무하고 있다.

시집으로 『신중산층교실에서』, 『시간은 무겁다』가 있으며, 평론집 『스포

츠와 정치』 등을 펴냈다.

곽재구

1954년 전남 광주에서 태어났다. 전남대 국문과를 졸업하고, 숭실대 대학원에서 한국현대문학을 전공했으며, 현재 순천대 문예창작과 교수로 재직하고 있다. 1981년 『중앙일보』 신춘문예에 시 「사평역에서」가 당선되어 문단에 등단했으며, 이후 '5월시' 동인으로 활동했다.

시집으로 『사평역에서』, 『전장포 아리랑』, 『한국의 연인들』, 『서울 세노야』, 『참 맑은 물살』, 『꽃보다 먼저 마음을 주었네』, 『와온 바다』, 『푸른 용과 강과 착한 물고기들의 노래』 등을 간행했으며, 시선집 『우리가 별과 별 사이를 여행할 때』 등이 있다. 신동엽창작기금(1992), 동서문학상(1996), 대한민국문화예술상(문학, 2018)을 받았다.

김진경

1953년 충남 당진에서 태어났다. 휴전이 되기 3개월 전에 태어나 전쟁의 흔적 속에서 어린 시절을 보냈다. 첫 시집 『갈문리의 아이들』은 이러한 어린 시절의 풍경과 사람들은 계속 살아가기 위해서 이 참혹하고 낯선 상처들을 어떻게 친숙하게 녹여 낼까 하는 물음이 담겨 있다.

1974년 한국문학신인상으로 등단했다. 자족적인 시 쓰기를 수년간 하던 중 1980년 5월 광주항쟁이라는 피 흘리고 있는 상처를 만나 '5월시' 동인으로 활동하고, 이후엔 교육운동에 참여하게 되었다. 이후 본업이라고 생각하는 글쓰기와 교육운동 관련 활동 사이에서 갈등하며 지냈다. 그동안 교육에세이집 『스스로를 비둘기라고 믿는 까치에게』를 내기도 했고, 동화 『고양이 학교』로 프랑스 아동청소년 문학상 앵꼬룁띠블상을 받았다.

나종영

1954년 전남 광주에서 태어났다. 교편을 잡은 아버지를 따라 함평, 장성, 강진 등으로 초등학교를 이곳저곳 옮겨 다녔다. 어린 시절 학교를 여러 곳 옮겨 다닌 탓에 여러 고을의 자연과 지리, 풍습을 체험했고, 이것이 후에 문학을 하는 데 좋은 자양분으로 작용했다. 수많은 시인, 소설가를 배출한 광주고등학교 문예반에서 활동했고, 부모님의 권유로 전남대 경제학과를 입학하고 졸업했다.

1981년 창작과비평사 13인 신작시집 『우리들의 그리움은』으로 등단했으며, 시집으로 『끝끝내 너는』, 『나는 상처를 사랑했네』 등이 있다.
1980년대 초 광주민중문화연구회와 도서출판 광주의 창립에 주도적으로 관여했고, 광주·전남작가회의, 순천작가회의의 출범을 이끌었다. 또한 2005년 9월 광주·전남 지역 최초의 종합문예지 『문학들』을 지역 문인들과 함께 창간하고 지금까지 통권 60호를 발행했다. 현재는 한국문화예술위원회 위원, 조태일시인기념사업회 부이사장으로 있다.

나해철

1956년 전남 나주에서 태어났다. 유아 때부터 10세까지 영산강의 둑 바로 밑에서 살았다. 상여가 나가고, 굿판이 열리고, 마당에서 혼례를 올리고, 큰집에 사람들이 모여 제사를 지내는 동안, 바라보는 흥거움과 신비와 슬픔이 있었다.
1972년 광주일고에 입학하여, 후에 '5월시' 동인이 되는 곽재구, 박몽구, 최두석을 동기동창으로 만나고, 나종영과 박주관에 이끌려 문학 서클 '용광'에 가입했다. 대학에서는 곽재구가 곁에서 시를 잃지 않게 해 주었다. 1976년 대구 영남대에서 주최하는 천마문학상 시 부문에 당선되었다. 1982년 『동아일보』 신춘문예에 당선되고, '5월시' 동인에 합류했다.
시집으로 『무등에 올라』, 『그대를 부르는 순간만 꽃이 되는』, 『긴 사랑』, 『꽃길 삼만리』 등을 펴냈다. 2016년 세월호 참사 때 304편의 하루 한 편의 시를 써 페이스북에 발표했고, 『영원한 죄 영원한 슬픔』이라는 제목의 시집으로 엮어 냈다. 한국작가회의, 민족문학연구회 소속이다.

박몽구

1956년 전남 광주에서 태어났다. 전남대 영문과를 졸업하고, 한양대 대학원 국문과를 졸업했다. 1977년 월간 『대화』로 등단하여, 5·18 광주민중항쟁을 주제로 한 시집 『십자가의 꿈』을 비롯, 『칼국수 이어폰』, 『황학동 키드의 환생』 등의 시집을 상재했다. 한국크리스찬문학상 대상을 수상했다.
1978년 민주교육지표 사건 관련 1년여의 수배와 투옥 끝에 1980년 당시 시국 관련 학생 조직인 전남대 복학생협의회 회장을 지냈다.
5·18 당시 전남대생 200여 명과 함께 전남대 앞에서 계엄군과 대치 중 시민들과 합세하기 위해 금남로로 진출하여 전투경찰 및 계엄군과 맞서 싸웠

다. 이것이 5·18의 발단이 된 것으로 평가받고 있다. 5·18 기간 중 범시민궐기대회를 주도한 혐의 등으로 내란죄로 수배 투옥된 바 있다. 5월구속부상자회 회원이다.

5·18 이후 서울로 상경하여 자유실천문인협의회 청년위원장 등을 지냈다. 월간 『샘터』 편집장을 역임하고, 현재 계간 『시와문화』 주간, 순천향대 객원교수로 있다.

윤재철

1953년 충남 논산에서 태어나 초중고 시절을 대전에서 보냈다. 서울대 국어교육과를 졸업하고 1981년 '5월시' 동인으로 작품 활동을 시작했다.

시집으로 『아메리카 들소』, 『그래 우리가 만난다면』, 『생은 아름다울지라도』, 『세상에 새로 온 꽃』, 『능소화』, 『거꾸로 가자』, 『썩은 시』 등과 산문집으로 『오래된 집』, 『우리말 땅이름 1·2』 등이 있다. 신동엽문학상과 오장환문학상을 받았다.

1985년 『민중교육』지 사건으로 구속 해직된 후 1999년 복직되어 다시 교직생활을 하다가 정년퇴임하여 현재는 자가 격리되어 집필활동에 전념하고 있다.

이영진

1956년 전남 장성에서 태어났다. 1976년 『한국문학』에 「법성포」 등으로 한국문학 신인상을 수상(1976)하며 등단했다.

1981년 동인 결성에 주도적 역할을 하여 '5월시' 동인시집을 발간했다. 도서출판 청사, 인동출판사 등을 거쳐 1986년 자유실천문인협의회 사무국장을 역임했고, 『전남매일신문』 사장, 광주아시아문화전당 기획단장 등으로 일했다. 이후 아프리카의 남아프리카공화국과 나미비아, 미얀마 등에서 오지탐사를 하면서 사진 촬영에 몰두하고 있다.

시집으로 『6·25와 참외씨』, 『숲은 어린 짐승들을 기른다』, 『아파트 사이로 수평선을 본다』 등이 있다.

최두석

1956년 전남 담양에서 태어났다. 중·고등학교는 광주에서 다녔고, 서울대 국어교육학과를 거쳐 국어국문학과 대학원을 졸업했다.

1980년『심상』을 통해 등단했고, 시집으로『대꽃』,『임진강』,『성에꽃』,
『사람들 사이에 꽃이 필 때』,『꽃에게 길을 묻는다』,『투구꽃』,『숨살이
꽃』 등을, 평론집으로『리얼리즘의 시정신』과『시와 리얼리즘』을 간행했
다. 오장환문학상을 수상했다.
강릉대 국문과 교수를 거쳐 현재 한신대 문예창작학과에서 교수로 일하고
있다.